地獄系列
第八部
地獄
獨行

自序

時序已經到了二〇〇九年的冬天，搬到這座城市剛滿一年。

這一年的首件大事，是六月底的這一天，我這小小的雙人家庭，有了一個哇哇大哭的第三者。

兩千九百八十克，不太重也不太輕，健康平安的女孩。

我們叫她寶妹。

她的出生，忽然讓我感覺到，人生到了此刻，真的是完全無法「reset」的，它和結婚或買房不同，它是一個生命的降臨，而這生命則緊緊的與你牽絆著。

未來十年的你，將會圍著她打轉，她是你生命中的一部分，她雖然會消耗掉你生命中許多的時間與精力，卻也會回饋你更多的圓滿與幸福。

但說到這，我必須坦承，也因為她的誕生，讓地獄八成為了地獄系列有史以來，間隔最長的一本。（笑）

這一集裡面，故事慢慢的收線，最後的強者們紛紛現身，而獵鬼小組更是全員到齊，一起打怪，一起締造新的傳說。

讓我們延續地獄系列「打不死的精神」，一起朝人生的目標奮鬥吧！（啊，寫到這裡，娃娃哭了，要去換尿布啦。）

Div

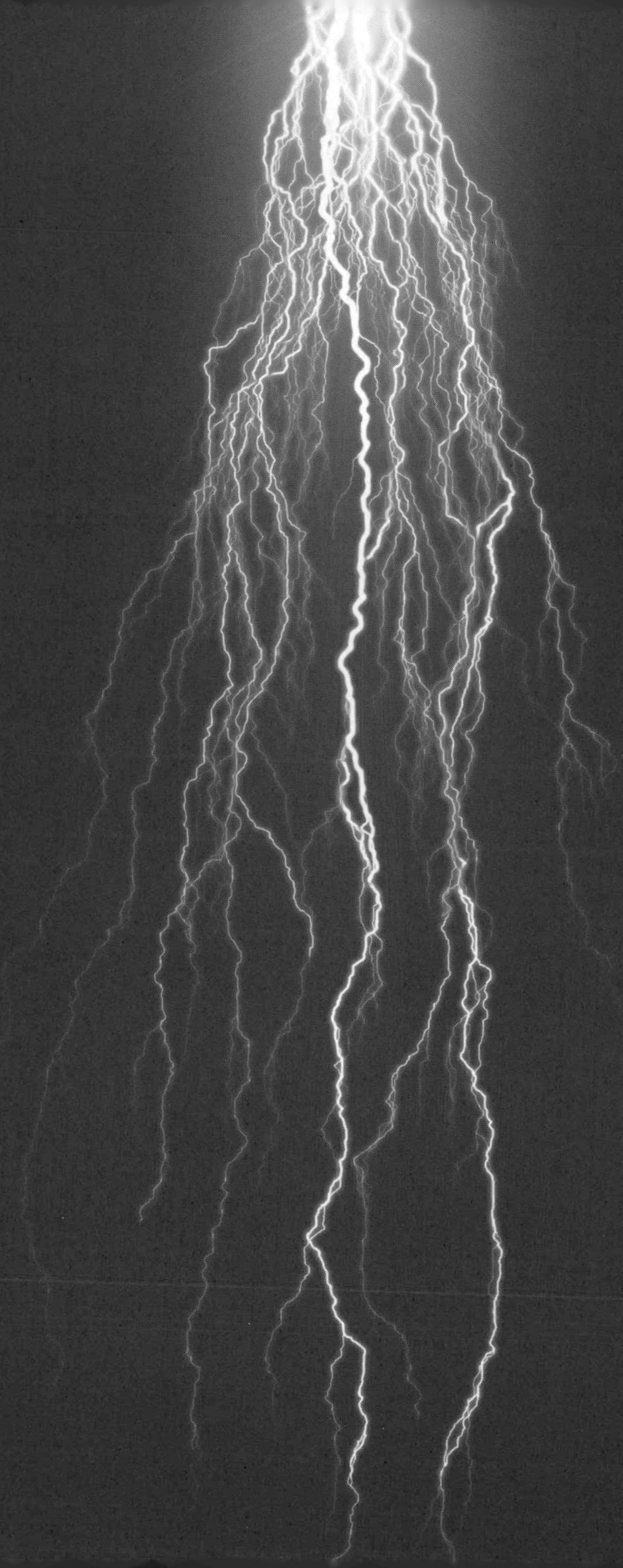

地獄獨行

楔子

地獄遊戲中，台北與新竹這兩條戰線，不約而同進入了白熱化的激戰。

台北，阿努比斯敲破了一顆蛋，將自己化成細菌，費盡千辛萬苦，終於擒殺藏匿在約翰走路體內的「貔貅」，而在他雙腳踏回大地之時，天地卻微微震動起。

霸者來了。

絕不在自己之下的霸氣，從遠處漫天滾滾而來。

「這是黑榜十六強以上的霸氣啊！」阿努比斯感到血液正逐漸沸騰，「看樣子，惡戰難免啊。」

雖說是惡戰，阿努比斯嘴角卻笑了。

他體內的戰士魂魄，因為這股霸氣甦醒了。

這個被阿努比斯鎖定的霸氣男子，也正踏著豪邁的步伐，朝著阿努比斯而來。

兩大霸者的宿命對決，即將展開。

同時間，新竹的戰情更是緊急。

在新竹師院中，獵鬼小組的攜手抗敵，猛將前鋒狼人T，戰術行家吸血鬼女，武學大師少年H，加上暗殺女王貓女，明明都是獨當一面的高手，如今卻須為了一個人而聯手作戰。

地獄獨行

因為，這人夠格。

這人是黑榜紅心A的王者，曹操。

苦戰多時終於落幕，貓女突襲成功，終於逆轉了曹操，獲得慘勝。

只是沒想到當貓女斬下曹操的頭顱，卻意外的釋放了另一隻怪物，一隻被華佗藏在曹操腦中的怪物。

這隻怪物更化成了貓女，戰局詭異至極，竟演變成貓女對決貓女的場面。

這隻偽貓女又對整個戰局，帶來什麼樣的影響呢？

能喚醒伊希斯的三項聖器，阿努比斯已經得其二，而最後一項聖器「聖甲蟲」，究竟能否順利送到他手上？

另外，女神究竟在哪？

濕婆手下猛將幾乎死絕，神力鈞天的他，還有什麼殺手鐧呢？

地獄遊戲，這場集合了神魔人，欲望與暴力，溫柔與親情的巨大世界，又將發生什麼樣的故事呢？

請看，地獄系列八，地獄獨行。

女神降臨篇。

第一章《女神降臨》

地獄。

陰雲密佈，肅殺之氣，充塞天地之間。

一個嚴肅至極的男人，雙手負在背後，踏著堅定的步伐，直直的往前走著。

他路線筆直，如入無人之境，渾然不理周圍不斷朝他猛撲而來的血盆大口。

這些大口，雖是人牙，卻都已經妖化成尖銳的利齒。

而這些怪物，雙手筆直，膝蓋不能彎，動作進退之間卻快如閃電，他們泛藍的指甲只要輕輕擦過皮膚，瞬間就足以讓大象這樣的巨獸，在清醒的狀況下腐爛成泥。

這些怪物是，「殭屍」。

是地獄四大異族中，最低調，最沉默，也最具有隱性破壞力的族群。

但，對這男人來說，他的步伐依然堅定，路線依然筆直。

就算他的身邊，至少聚集了超過萬名百年老殭屍，正對他發出淒厲而威嚇的吼聲。

男人沒有絲毫懼意，無論外表或是內心。因為他知道，只要他露出半點恐懼的氣息，馬上會被狂暴衝來的殭屍之海，給徹底撕爛成碎片。

男人的腳步終於停了。

他嚴肅的表情透露出一絲陰冷的笑。

「你就是殭屍四將之首，白起？」

在男人面前的，是一個坐在鋪著絨毛的椅子上，披著華貴貂皮披風，底下穿著青色戰甲的將軍，白起。

他，正是名列戰國四大名將之一，他最經典的戰役，就是坑殺百萬趙軍的長平之戰。

「能獨自穿過千萬殭屍而面不改色，果然是千年來一手統御地獄政府、權傾神魔的野心家，蒼蠅王。」白起五官單薄，臉色是僵硬的鐵灰，完全看不出他的喜怒哀樂。「屁！我族千百年來都在建木下沉眠，為何要喚醒我們？」

「喚醒你們的並不是我，而是地獄的異常氣候。」蒼蠅王淡淡的說，他早已聞名這白起極強，卻有一個怪異的口頭禪，就是屁字。

「放屁！」白起陰沉的笑了。「那你又為了何事來找我？」

「因為有事要你們辦。」

「說。」

「阻止她。」蒼蠅王手一翻，手掌中，一個由靈氣構成的名字，躍入白起眼中。

「她？」原本表情鐵灰的白起，眼睛陡然睜大，僵硬的臉上肌肉扭曲。「你可知道她是誰！？她可是神界之中最古老的大神之一啊，甚至稱得上是地獄中前五強啊。」

蒼蠅王直視白起雙眼，一邊嘴角慢慢揚起。

「怎麼，你怕了？」

「我怕了？我怕了？放屁！你放屁！我可是白起啊，坑殺百萬俘虜，煉化百萬殭屍的魔鬼！」白起臉上的肌肉不斷扭動，最後出現一個笑容，一個興奮到牙齦迸血的笑容。「我是求之不得啊！」

我是求之不得啊！

白起狂笑，這一笑，引起殭屍們的共鳴，千萬隻殭屍同時發出笑聲。

殭屍的笑，宛如鬼哭，千萬隻殭屍同時發笑，更是詭異而駭人。

而敏銳的蒼蠅王，竟從這群殭屍裡感受到三股力量，三股和白起同樣等級的暴戾妖氣，正在殭屍群中蠢動。

這表示，這群殭屍的實力，甚至超過了蒼蠅王自己的預期。

他嘴角泛起滿意笑容，轉身就走。「那就這樣說定了，在那之前，我得把你們送到一個地方。」

「什麼地方？」

「一個神祕且充滿力量的地方。」蒼蠅王眼神綻放森森冷光。「地獄，遊戲。」

第二章《腦中的怪物》

新竹市，新竹師院。

此刻的新竹師院，半數的建築物已然頹圮，正是激戰後殘破的景象。

而一間尚未倒塌，卻已經搖搖欲墜的黑暗校長室中，一場無法想像的戰鬥正在上演。

戰鬥的主角之一，是貓女。

這個地獄中號稱頭號暗殺者的美麗女王。

但怪的是，她的對手，也是貓女。

來自華佗的詭異醫術，種植在曹操腦中的怪物。

兩隻貓女，正隱匿在黑暗房間中，狠狠對峙。

而一旁貓女的夥伴，此刻卻是完全的愛莫能助，因為他們不僅分不出兩隻貓女的差別，更重要的是，沒人能追上她們的速度。

同樣驚人的高速，同樣無聲無息的步伐，以及同樣一擊必殺的狠辣，兩隻貓女在黑暗中高沛對峙著。

「我從來沒有想過，自己原來這麼棘手呢。」貓女雙手雙腳撐在房間的天花板角落，淺淺微笑。

而另一隻貓女則趴伏在房間地板上，只露出一雙炯炯的綠色眼珠，她也同樣在笑。「彼此彼此啊。」

「別學我說話，冒牌貨。」貓女怒笑，她的聲音尚留在原地，人與爪，就已經撲到了地板上的貓女前。

「妳才是冒牌貨。」另一隻貓女雙爪亮出，以刁鑽無比的角度，左右開弓，反擊第一隻貓女的攻擊。

雙方的爪子在黑暗中快速觸碰，短短的零點一秒之間，一連碰觸了百下，擦出燦爛的火花。

只是火花雖然閃爍，卻沒發出半點聲音。

安靜，是暗殺者的天性。

卻也讓這場決鬥，更加危險。

因為這一片黑暗中，同時失去了聽覺與視覺，他們唯一能倚仗的，只剩下直覺。

見到這種險惡的對決，少年H、狼人T與吸血鬼女都感到心驚，到底誰才是貓女？

這時，狼人T像是想到什麼似的，張開他的大嘴喊道：「貓女，出絕招！」

「絕招？」兩隻貓女同時轉頭，看向狼人T。

「對啊，那個什麼門，什麼巫術的！」狼人T大笑，語氣中有著無比的得意，畢竟這是向來只會用拳頭的他，第一次想出了解決辦法。「妳這絕招這麼強，連孔雀王都不是對手，冒牌貨一定不會的，打出來就對了。」

兩隻貓女一聽，互望一眼，然後，兩人不約而同的停手，往後疾退。

黑暗中，這場凶險至極的無聲肉搏，因為狼人T的這句話而分開。

「既然這樣，那妳就等著接招吧，冒牌貨。」第一隻貓女退了幾步，雙手掌心靈光乍現，一對門把在靈光中現身。

而門把的後面，正是一對約莫三層樓高，隱然出現的門扉。

「哆啦A夢的巫術之門！」她嬌甜一笑，雙手用力往後拉開，門扉頓時打開。

門內，是一片黑。

黑到所有光線都被吸入的純黑。

這片黑，黑得好純淨，黑得好深邃，黑得好致命。

「答案揭曉！會用哆啦A夢巫術門的，就是真正的……」狼人T歡呼，舉起手，眼看就要宣佈真假貓女的正確答案。

但，卻見第二隻貓女眨了眨眼，表情同樣嬌甜。「原來，妳『也』會這招啊？」

「也？」所有人都抬起頭，眼神驚訝。

他們從未想過，會在同一個地方，看見兩扇「巫術之門」。

而且，還是出於兩隻貓女之手。

第二扇巫術之門，已經現身，就在第二隻貓女的面前。

「哎喲。」第一隻貓女冷笑，用舌頭輕輕舔著手背的軟毛，「妳也會巫術之門？這招可是源自於古老埃及秘術『死者之書』的絕招呢。」

「哼，這問題應該是我問妳吧？」第二隻貓女雙手往後一拉，門扉在嘎嘎的巨響中，打開了。

門內，也同樣是深不可測的黑暗，並且朝著第一隻貓女的方向，帶著吞噬著一切的氣勢，滾滾而來。

「既然我們都有同一招，那就看誰比較強吧。」第一隻貓女嘴角揚起，雙手也往前推去，這扇巫術之門也同樣在浩瀚的靈力下，往前移去。

兩扇門，開始靠近。

「咦？這下怎麼辦啊？」狼人T搔著頭頂的長髮，求助的看著少年H和吸血鬼女。「怎麼會發生這種事？兩隻貓女都會用巫術之門？」

「嗯。」少年H的手指著天空，搖頭，「而且，有東西來囉。」

「有東西？」

天空中，出現了一顆石頭。

這是新竹師院廢墟的石頭，朝著巫術之門飛去，最後消失在門內的黑暗中。

接著，又是第二顆，第三顆，第四顆，密密麻麻的石頭雨，從四面八方飛騰了過來，密佈了整個天空。

「這石頭……是怎麼回事啊？」狼人T張大嘴巴。

「吸力。」吸血鬼女皺眉。「兩座巫術之門同時出現，產生的吸力，已經不是兩倍，而是十倍，甚至二十倍了！」

當兩扇巫術之門越靠越近，吸力更是強大，而且當石塊越是靠近門，速度越快，到後來已經如同一枚砲彈。

更有不少石塊在空中互相碰撞，摩擦產生高熱，點燃了這些石頭，一時間，新竹師院的上空宛如被流星雨轟炸般的火花四濺。

當兩扇巫術之門不斷逼近，飛來的石塊體積就越大，滿天火石的聲勢更盛。

而深陷在火石當中的少年H等人，由於與曹操戰後元氣未復，只能靠著僅存的靈力，勉強護住身形，不只是要抵抗不斷暴增的吸力，更要隨時留意飛滾而來的火巨石。

「再這樣下去不行啊。」吸血鬼女的身體蜷伏在巨大的黑色翅膀下，以翅膀形成的剛強防禦，將漫天巨石完全隔離。

「怎麼說？」狼人T在這場巨石雨中生存，靠的全是蠻力，他雖然被曹操的「將軍令」給打得重傷，但一身鋼鐵般的肉體和如同蟑螂的生命力，正是他活到現在的本錢。

只見他左一拳，右一拳，把飛來巨石打得四下飛散。

「當年，慘遭滅族的我，被白虎精夫婦收留，他們送我到地獄學校『地獄第一女中』，我記得，我曾學到了天文學，裡面提到了黑洞，兩座黑洞如果互相靠近……」吸血鬼女眼中濃濃的擔憂，看著那兩扇正不斷靠近的巫術之門。「這巫術之門，是不是就等於一座黑洞啊？」

「黑洞靠近，嗯，會如何呢？」少年H的聲音傳來。

此刻的少年H面對巨石雨，又是另外一番光景。

擁有太極卸勁如此高明的武術，讓少年H只花一隻左手，就將如砲彈般從天而降的巨石，四兩撥千斤的推開。

他意態悠閒，右手負在背後，面對如此凶險的石雨，少年H左手揮灑的樣子，反倒像是在午後庭園內飲酒賞花。

「如果我沒記錯。」吸血鬼女表情凝重。「黑洞靠近，會引起空間錯亂，時空扭曲，然後……」

「然後？」

「會粉碎。」吸血鬼女忽然提高聲量，朝著貓女大吼。「而且是整個新竹都一起毀滅性的粉碎啊！」

這一剎那，所有人都停止了動作，被接下來可能發生的事件而震懾。

唯一不停的，是那兩道正發出轟隆巨響，不斷朝彼此靠近的黑洞。

這足以毀滅新竹的，哆啦A夢的巫術之門。

「把門收起來!貓女!」吸血鬼女人吼。「無論妳是不是冒牌貨，讓這兩門碰在一起，我們全部都會死的。」

全部都會死的!

兩隻貓女同時一頓，她們的表情從慵懶變成了嚴肅，然後雙手開始轉動，試圖轉動自己手上的「巫術之門」，想要把這個超級炸彈轉向一旁。

但意外的是，兩扇巫術之門，就像是磁鐵互相吸引似的，抗拒了貓女的主宰。

不但沒有消失，還加速朝彼此靠近。

「可惡。」第一隻貓女低呼，手一收，企圖再次收回巫術之門，但卻發現自己的力量毫無用處。「怎麼回事?門……關不起來!」

「無法阻止。」第二隻貓女緊緊鎖眉，「因為同時出現兩扇巫術之門的關係嗎?」

兩扇門宛如黑洞的強大吸力，鎖住了彼此的存在，竟讓施術者也失去了影響力。

這片巨石火雨中，兩扇門越來越近，眾人卻束手無策。

「怎麼辦?早知道我就不要提這什麼鬼建議!吼!」狼人T亮出爪子，他滿頭大汗，

「我只會打架，對這種太過奇怪的法術，我完全沒有辦法啊。」

一旁的吸血鬼女也是咬著下唇，擅長戰術的她，腦海中至少浮現七、八種策略，但偏偏沒有一個可行。

因為她要面對的，可不是一個普通的狀況！這可是巫術之門，來自古老埃及的神祕力量啊！

「說說看。」

「我想到七、八個戰術，但唯一可能的，卻只有一個！」

「怎麼？」少年H雙眼注視著那兩座門，表情專注卻一點都不慌亂。

「H小子。」吸血鬼女額頭冷汗涔涔。

吸血鬼女吞下了一口口水，說了三個字。「施術者。」

「施術者？」少年H何等聰明，微微苦笑，他已經懂了。

任何被人使出來的法術，都必須遵循的一個鐵則，那就是當施術者重傷或死亡，術法就會自然消失或減弱。

可是現在的情況，偏偏是他們搞不清楚誰是真正的貓女。

他們倘若對施術者下了重手，反而傷到真正貓女怎麼辦？

「吸血鬼女，妳不是最聰明了嗎？快點想想辦法啊！」狼人T全身的毛都被吸到豎了起來，大聲吼著。

吸血鬼女苦笑，重點是，要知道誰是貓女啊？她的手隱隱握緊，又鬆開，又握緊，又鬆開……這樣來來回回十幾次。

究竟該怎麼做？

難道要搞到四個人一同陣亡在這裡嗎？曼哈頓獵鬼小組好不容易聚集在一起，怎麼會第一個任務就搞得全軍覆沒？

連紅心K曹操都滅不掉的獵鬼小組，竟會栽在這裡？栽在一隻連名字都搞不清楚的冒牌貨手下？

而就在吸血鬼女冷汗涔涔的同時，這時候卻有一個人動了。

他帶著堅定的微笑，雙手負在身後，像是在庭園後散步似的，閃避不斷落下的巨石，朝著那兩扇巫術之門走去。

這走路姿態，這避開大石的高明身手……

「H小子？」吸血鬼女一愣。「你要幹什麼？那裡很危險……」

少年H沒有說話，只是手往後微微一揮，繼續往那兩道門的會合處走去。

「H！」狼人T不顧生命往前衝，想要拉住少年H，但卻在拉住少年H手臂的一瞬間，整個世界顛倒了。

狼人T一愣才發現，自己被少年H的「太極卸勁」給硬生生轉了一圈，摔倒在地上。

「抱歉，T兄弟。」少年H微笑，「這件事，似乎只有我可以解決。」

「啊？」狼人T張大嘴巴。

少年H繼續保持微笑，轉身，朝著巫術之門的方向前進。

「H！」「H小子！」

在狼人T與吸血鬼女的驚呼中，少年H就這樣踏入了兩扇門的中間。

兩股巨大的拉力，一左一右，在這一剎那，同時扯住了少年H。

瞬間，他的衣服被盡數扯破，化成碎片，露出了底下修煉過的結實身形。

而那兩隻貓女，表情都因此驟變。

因為她們都知道，少年H將要做的事情，有多麼凶險。

「貓女。」少年H站在兩股驚天動地拉力的中間，表情卻不失悠閒，「有件事我想和妳說。」

「什麼事？」兩隻貓女同聲問。

「這地獄的千年歲月。」少年H閉眼深呼吸，「遇見妳，是我最開心的事情。」

「啊？」

遇見我，是你最開心的事情？

忽然，少年H感覺到左手方向，第一隻貓女的「巫術之門」發生了變化。

這變化極為細微，若不是少年H身在風暴中心，加上他驚人無比的敏銳度，也無法發現。

少年H轉頭，他看見了第一隻貓女的眼中，流轉著好溫柔的光芒。

那是融合了貓的頑皮，女王的尊貴，殺手的堅韌，以及比誰都純真的感情。

那是眼淚。

在第一隻貓女的眼眶中打轉。

「好！」少年H微微一笑，眼睛一閉，提聲狂喝。「吸血鬼女，動手，朝右邊那隻貓女！」

動手！

「厲害！H！」吸血鬼女搖頭笑著，下一秒，她的黑色翅膀已經出現在第二隻貓女的背後，爪子如鋼刀朝貓女揮下。「真是厲害啊，H。」

第二隻貓女往後彎腰，展現驚人的柔軟度，將身體彎成「∩」字形，避開了吸血鬼女翅膀的絕命一斬。

只是當第二隻貓女仰到極限，頭頂碰到地板的瞬間，忽然，她發現面前五公分處，多了一個毛茸茸的獸鼻。

這獸鼻的下面，還有兩排銳利無比的狼獠牙。

「別忘了，還有老子呢。」獠牙的主人，咧嘴笑了，兩排野獸牙齒無情展開。「死吧，孩子。」

吼！

狼人T的狼牙如同閃電，咬的是貓女左半邊臉，鮮血直噴。

而狼人T更是呸的一聲，吐出了一枚貓耳。

「貓耳朵，好吃。」狼人T抹了抹嘴。「至少比當年的木乃伊二十九美味多了。」

「混蛋！」山寨貓女發出尖吼，伸出爪子，要抓向狼人T。

她會尖叫，是因為她突然意識到了一件事，她可能會死。

吸血鬼女的翅膀，狼人T的牙，少年H的武術，再加上貓女本尊。

這樣的組合若是完成，自己肯定屍骨無存。

唯一的機會，只剩下還在她手上的巫術，那關不上的巫術之門。

「咱們，同歸於盡吧！」山寨貓女雙手舉高，發出怒吼，「吃掉！吃掉一切，巫術之門！」

原本在兩隻貓女的對峙之下，呈現僵局的巫術之門，忽然暴衝起來。

朝著它的第一個目標，那個站在兩門交界的少年H，狂捲而去。

「唉。」少年H負在背後的雙手，終於拿了出來，他笑著嘆氣。「該來的，還是會來啊。」

那道巫術之門，曾經吃過孔雀王的爆裂長槍，曾吃過董卓的霸者身軀，更差點吃掉戰神呂布的盔甲，無所不吃，無所不吞的門，此刻，朝著少年H而來。

「一碗水，一把劍。」少年H狂喝，雙手朝上，黑白兩色可視靈波流轉成太極圖形，然後往前一拍。

門來了。

太極圖騰也同時出現。

兩者，在這一剎那，完全混合在一起。

在這毀天滅地的流光之中，貓女卻鬆懈的放下了雙手，她安下了心。

安心的原因是她看見了。

少年H在最後一刻，還不忘轉過頭，和她眨了眨眼睛。

這裡，是距離地獄遊戲非常遙遠的地方，這裡叫做地獄醫學局。

醫學局的頂樓辦公室，來了一個客人。

這客人很重要，重要到醫學局局長華佗都必須親自迎接。

「稀客啊。」華佗奉上了一杯茶，茶很香，其顏色深如琥珀，更有著如雲氣般的液體不斷在茶中流動。「這可是我煉了整整兩百多年的『百妖茶』，您一定得嚐嚐啊……偉大的蒼蠅王。」

眼前這個客人，他身穿一襲招牌的黑色西裝，表情嚴肅中透著古怪，看著自己手中的這杯茶。

「百・妖・茶？」

「是啊，用了足足一百種妖，其中更不乏山海經才有的特殊妖種。」華佗微笑，「喝下之後，養生美容，百毒不侵，不論死活，正是居家旅行必備的良茶啊。」

「不論死活……？」蒼蠅王眉頭皺了皺，瞪了自己的茶半晌，最後決定半口也不喝就放在桌上。「華佗，我今天來，不是來找你喝茶的。」

「呵呵，我想也是。」華佗笑。「無事不登三寶殿，蒼蠅王，你要什麼？」

蒼蠅王眼神直盯著華佗，一字一字的說：「我要你出手。」

「喔？」華佗下巴抬起。

「雖然，我知道你早就私下安排一些怪物進入了地獄遊戲，像是曹操腦袋裡面那傢伙，但我現在要你正式介入其中。」

「哈哈，果然沒有事情能瞞過你啊，蒼蠅王。」華佗笑著喝了一口茶，「那我有什麼好處呢？」

「你想要什麼好處？」蒼蠅王語氣冰冷。

「我們學醫的，追求極致的醫道，要救更多人更多的妖怪，就需要更好的醫術，也需要更多的實驗……」

「嗯，所以……」

「我要一種特殊的人來實驗。」華佗拿著茶杯蓋，輕輕繞著圓圈滑著杯緣。「而且至少要有兩個。」

「哪一種特殊的人？」蒼蠅王語氣森然。

「可視靈波。」華佗笑，笑得陰森。「我要兩個有可視靈波的人。」

「可視靈波。」蒼蠅王眼神中綻放殺氣，「你的胃口倒是很大嘛。」

「快別這樣說。」華佗笑著，「你可知道，在地獄中可視靈波的實驗材料極少，偏偏每隻都強得不像話，您不幫忙，我一個人抓不下來啊。」

「哼。」蒼蠅王瞪著華佗不說話，不知道過了多久，他終於開口了。「好。」

「好？」

「事成之後，我給你兩個。」

「哪兩個？」

「一個來自埃及，一個來自中國。」

「喔喔喔喔。」華佗眼睛大亮，「您是說，那兩個……」

「這樣沒話說了吧。」蒼蠅王冷笑，把嘴巴靠向了華佗的耳朵。「那你給我聽好，我要你執行的第一個任務……」

只見蒼蠅王的嘴巴動了動，華佗的表情先是一變，隨即又笑了。

「論大膽，您可是一點不小於我啊，蒼蠅王。」華佗笑，「您竟然想要阻止『神』？」

阻止，神？

「你不願意？」

「我當然願意，因為您是一個最大方的老闆啊。」華佗的眼神看向了辦公室的牆壁。

牆壁的裡面，正是華佗的祕密實驗室。

「你有自信嗎？」蒼蠅王眼神同樣銳利，他似乎也看出了那牆壁後面，隱藏了某個不得了的傢伙。

「有。」華佗微微一笑，那是志得意滿的笑。「和曹操腦袋的那傢伙比起來，我的這個寶貝，才是真正的完成體呢。」

地獄遊戲，新竹師院。

這裡，某種程度來說，已經無法稱為新竹師院了。

因為它空了。

宛如被來自億萬光年前的巨大隕石擊中，整個學校一磚一瓦都完全蒸發。

其破壞的面積，還延伸到附近通往新竹名勝「青草湖」的道路上，讓新竹的地圖硬生生缺了一塊。

此刻，這塊缺漏的地圖上，有一個人俏生生的站著。

她身形不胖不瘦，將長髮綁成俐落的馬尾，穿著簡單卻乾淨的棉衣，站在這塊幾乎被夷平的土地上。

手托下巴，沉思著。

她，就是鬼王鍾魁的妹妹——鍾小妹。

她不是和孔明對決嗎？怎麼會出現在這裡？

而少年H等人呢？他們又到哪裡去了？

「這裡顯然經過一番激戰啊。」鍾小妹用手搓著地上的土，被喻為地獄智者的她，正展現驚人的推理能力。「土粒排列成蓮花狀，相當奇怪，不像是爆炸啊，反而像是被某種超強的吸力給吸住，難道……是類似黑洞之類的靈力嗎？」

鍾小妹邊說，踏著輕巧的腳步，繼續在這塊荒地上繞著。

「不過如此強大的力量，卻還是被乾淨俐落的破解了，為什麼？」鍾小妹沉吟了半晌，纖手張開，一枝筆在她手心轉了一圈，憑空出現。

「嘿，來個中國字吧。」鍾小妹一笑，靈筆在空中筆尖顫動，一個字出現。

逆

「逆」字綻放一陣華光後，又緩慢消失。

而當字消失後，鍾小妹周圍的景色卻開始改變了。

鍾小妹看著自己腳邊的土粒開始開始浮起，而破碎的石頭也紛紛組合回原來的模樣，整個戰場，竟以驚人的速度回到原樣。

然後，鍾小妹看見了少年H，正確來說，是少年H的幻影。

「逆這個字，能重現兩炷香之前的事情，但那些影像都不是真實的。」鍾小妹手上的靈筆微微顫動，顯示她正不斷發動著力量，而從她額頭微汗的情形推測，這是一個相當消耗靈力的「字」。

此刻的少年H上身的衣物已然破碎，露出了既沒有贅肉，但也沒有暴力的肌肉糾結，而是精實勻稱，堪稱完美的少年體魄。

而少年H的面前，又出現了另一幅幻影。

那是一扇門，一扇連天地都可以吞食的黑洞之門。

施術者，是貓女。

「貓女和少年H在對打？」鍾小妹吃驚不到兩秒，很快的答案已經出現。

現場，還有第二隻貓女。

「嗯，好怪異的戰役。」鍾小妹點頭，「地獄中，果然是千奇百怪，這敵人能化成第二隻貓女啊！」

戰局還在變化，山寨貓女打出最後一擊，推動巫術之門夾著驚人之威，朝著少年H而去。

「黑洞臨門，你會怎麼解呢？張天師。」而看著這一切的鍾小妹，饒有興趣的看著眼前的畫面，「我很期待你會怎麼做？名揚地獄的張天師。」

只見少年H不怒不驚，反而淡然一笑，右手食指伸出。

食指微動，開始畫起圈子。

而且奇怪的是，少年H的指尖附近，出現了一道又一道往外擴散的水面漣漪。

「畫圈？水？」鍾小妹沉吟了半晌，忽然抬起頭，眼放精光。「難道這是傳說中的五行御靈術？我以為這一派在宋朝的左元帥與文祥死去後，就失傳了啊。」

戰場上，少年H的圓圈越畫越大，到後來已經不只是手指，連他的手腕、手臂都一同轉動起來。

而那水面漣漪也越擴越大，甚至已經寬闊如汪洋上的滾滾漩渦。

巫術之門與五行御靈術，一是埃及一是中國，兩大神祕術法，在跨越了千年後的此刻，正面碰撞。

吞噬一切的古埃及巫術咒法，對上來自中國圓轉如意的道法。

「別輸啊，中國道術。」鍾小妹竟忍不住輕聲加油起來。「別丟我們中國的臉啊，張天師。」

巫術之門一開始就佔盡優勢，它強大吸力硬是把少年H道術湖面的水吸了起來，乍看之下，宛如一座水上龍捲風。

但少年H的一碗水豈是那麼容易被破解？水的柔軟與韌性盡情展現，當水被吸得越高，旋轉圈數也越多，扭力卻也越強，往下拉扯的力量更是倍數提升。

一吸一拉，逐漸陷入僵持。

「張天師……」鍾小妹發現自己的手微微顫動，向來冷靜的她，竟然忍不住想要出手？

她輕輕吸了一口氣。

這種高手對決的悸動感，她懂，但她不能讓自己陷入這樣的情緒中。

她必須冷靜，因為她的「說文解字」能力講究的正是心如止水，不然怎能寫出最平衡的一個字？

可是，真正令鍾小妹不懂的是，為什麼她會特別感到激動呢？

這激動，就像是看到自己親哥哥鍾馗戰鬥似的……

為什麼？

鍾小妹的疑惑還沒來得及想出答案，畫面已經丕變。

那扇虛擬的巫術之門，輕輕的剝一聲，出現了裂痕。

巫術之門裂了。

底下的少年H微微的笑了，但接連苦戰的疲倦，卻也同時讓他嘴角流下了細細的血河。

「啊，天師，撐下去！」鍾小妹握拳，旋即又放開，她感到困惑，自己的情緒為什麼又被牽動起來？

畫面再變，少年H自知體力已達極限，低喝聲中，他決定轉守為攻。

「出去。」少年H低吟，左手輕盈，右手凝滯，黑白雙色太極靈波，融入漩渦之中，一鼓作氣的將巫術之門絞住。

然後錚然粉碎。

粉碎，巫術之門被破了。

這一秒，山寨貓女嘴噴鮮血，倉皇後退。

同時間，吸血鬼女與狼人T攻上，一左一右封死了山寨貓女的退路。

山寨貓女失去了巫術之門這最後的武器，唯一的機會，只剩她的爪子，模仿自貓女的爪子。

但，她卻發現自己的爪子，不知道何時已經被另外一對貓爪給鉗住。

這一對爪子，當然來自正牌貓女。

「去死。」貓女憤怒的笑了。

一眨眼，正牌貓女雙爪一揮，已經蹲在山寨貓女的背後。

而山寨貓女像是石膏像般，靜止不動。

「倒下。」貓女冷冷的說。

下一秒，山寨貓女身上出現幾條紅線，然後整個身體順著紅線爆開，被分成了十幾塊。

山寨貓女就這樣在少年H與貓女的聯手下，徹底的屍骨無存。

「啊。」鍾小妹大大吐出了一口氣。

「山寨貓女，如此變態的產物，應該是華佗的傑作，難怪整個新竹師院會瓦解，只是……他們四個人又為什麼會離開這裡呢？」

當鍾小妹沉思的時候，畫面中，情節持續前進著。

畫面中，少年H精疲力竭，一屁股坐倒在地。

坐在地上的他，淡然一笑。「幸好山寨貓女不是曹操，拷貝的巫術之門也不是雷霆萬鈞的將軍令……靠著卸勁，就可以破解了。」

「H。」貓女走到了少年H的面前，雙眼注視著他。「你剛說的那句話，是真的嗎？」

少年H抬起頭，精疲力竭的臉上，卻是一抹溫暖寬厚的微笑。

見到這微笑，貓女忍不住也笑了。

她知道，當年的地獄列車，火焰燒遍整個車廂，就是這個倚在門邊的男孩臉上微笑，讓她勇敢踏上這段從地獄到人間的漫長旅程。

如今，旅程的終點，就在她的面前了。

「我……」貓女眼睛瞇起，「覺得你最愛騙人……咦？」

這聲咦出口，貓女像是察覺了某種異樣，低下了頭，看著自己的腰部。

而這一秒鐘，不只是貓女，所有人的視線中也透露出驚奇，集中到了貓女的腰部位置。

「這東西？怎麼會發生這種事？」

「咦？」

感到驚訝的，可不只是畫面上的所有人，還有未來的那個人，鍾小妹。

但她的吃驚，卻是另一個截然不同的原因。

「看不到？為什麼會看不到？」鍾小妹眉頭深深皺起，她再次催動手上的靈力，但怪異的是，無論她怎麼催動靈力，就是看不到那東西的真面目。

那是一塊空白，宛如電影底片中，有個人拿剪刀剪下了一塊空白。

「怎麼會這樣？」鍾小妹咬了咬下唇，「靈筆的回溯力量，不能稱上真正的時光倒流，只能算是大自然畫面記憶的重現……這東西之所以不出現在畫面上，難道是因為它本身的力量過於強大，甚至凌駕於自然之上？」

什麼力量強大到足以凌駕於自然？

鍾小妹皺眉沉思了半晌，一股寒意，悄悄的滑上了她的背脊

「難道，是她？」

畫面已經進到了尾聲。

因為四人見到了那東西，臉上表情都變得慎重無比，彷彿見到了一項極度重要，重要到足以用生命保護的寶物。

「沒想到，最後一塊拼圖在妳手上。」吸血鬼女緩緩走向貓女，眼睛瞇起，「也沒想到，我有這個榮幸，能親眼見到它。」

「嗯。」貓女點頭。「是我哥哥託付給我的。」

「既然它發生變化，那不就表示……」吸血鬼女伸手入白光之中，似乎小心翼翼的握住了那東西。

「表示，我們該出發了。」少年H微笑，從地上慢慢爬起。「這正是它所要傳遞的訊息吧。」

「那我們還等什麼？」吸血鬼女看著所有人，單手扠腰，臉上是淺淺微笑。「親愛的獵鬼小組成員們。」

「走吼，我們送貨去啦！」狼人T振臂一呼，糾結的手臂肌肉在空中震動，宛如舞動著戰士出征的旗幟。「獵鬼小組出動啦。」

曼哈頓獵鬼小組！出動啦！

眼前的畫面，因為四人的離開，而告一段落。

偌大的廢墟中，留著鍾小妹一人，低頭苦思著剛才那畫面中留白的部分。

那是一個什麼寶物？

這東西，不僅是貓女的哥哥親手託付，更能讓傷痕累累的曼哈頓獵鬼小組，再度踏上征途。

「貓女有哥哥嗎？或者該換個問法，古埃及諸神中，誰與貓女的關係情同兄妹？」鍾小妹反覆整理腦海中的資訊，聰穎的她，已經在千萬個可能中一把抓住了那個答案。

賽特。

古老埃及的沙漠戰神，如烈日下的沙漠般殘忍剽悍，卻也如黃昏的沙漠般柔軟深情。

聽說他曾經愛過一個女人，也就是那女人讓他淡出地獄爭霸，甘心守護著自己的愛情，但就算如此，賽特這名字卻已經永遠被刻在強者如林的黑榜上。

他是「梅花A」，名列黑榜四強的尊貴稱號。

「賽特，已經超過千年沒有出面，這次他出來……肯定是為了那個人，這個他等了千年的人……」鍾小妹在廢墟中緩步走著，忽然她抬起頭，嘴角慢慢劃出一個微笑的弧。「所以這寶物的真相，其實已經呼之欲出了啊。」

只是，鍾小妹才剛微笑，似乎又想到了什麼，表情慢慢變得嚴肅起來。

然後，她以旁人無法察覺的口氣，輕輕嘆了一口氣。

「既然已經猜到了，那就非報告不可了。」鍾小妹手一揮，手上的靈筆再次發動。

黑檀木般的靈氣墨汁，在空中抖落幾滴。

一個中國字再度出現。

信

人之言約『信』，古來有訊息傳遞之意。

鍾小妹看著浮在空中的這個『信』字，臉上的表情卻沒有以往的沉著與自信，反而顯得猶豫與困惑。

「受人之託，忠人之事，唉。」鍾小妹輕輕的說，「抱歉啦，張天師。」

說完，『信』這字往上飛起，越飛越高，越飛越高……

最後，消失在晴空萬里的天空之中。

只留下站在廢墟裡，仰著頭，表情沉鬱的鍾小妹。

「去吧，我的信字。」鍾小妹自言自語，「告訴他，最後一項聖器……已經要回到主人身邊了。」

同一時間，新竹的火車站附近。

車站，永遠充滿著離別與相逢。

有的是旅人即將踏上遠途，在這裡與親人相擁。有的是離家遊子帶著厚重的行李與滿心的期待，回到自己的故鄉。有的是遠道而來的旅客，懷著好奇與探險的心情，試圖用這裡打造自己的旅行日記。更有人短暫的迷失了自己的方向，只能在這裡休憩駐足。

車站，永遠是城市中故事最多的地方。

而如今，新竹火車站，這個超過百年的老火車站，一筆新的故事又被紀錄在它古老的塵埃中。

這是四個人的故事。

兩男兩女，一個人，一隻吸血鬼，一頭狼，以及一隻貓。

他們是曼哈頓獵鬼小組，史上最強的獵鬼團隊。

「我們得想辦法把『那東西』送到阿努比斯手上。」吸血鬼女冷豔的表情，仔細的分析著眼前的況狀。「那東西既然已經開始發出靈波，表示離女神降臨的時間，已經不遠了。」

「或者說，女神感受到自己有危險，希望盡快湊齊三項聖器。」貓女點頭，論直覺，她可是比誰都要敏銳。

「那我們更要快啊！」狼人T嗓門很大，「那我們該怎麼去？對！搭火車最快！」

「恐怕沒有那麼簡單。」少年H和吸血鬼女交換了一個眼神，深思熟慮的兩人都預見到了這趟旅途的危險。「我猜，至少濕婆這股勢力會阻攔我們。」

「至少？」狼人T粗嗓門喊著，「至少是什麼意思？你的意思是還有其他的勢力……」

「我不確定，自從我從宋朝回來，我就隱約察覺到整件事情，可能遠比我們想像中來得複雜。」少年H輕輕嘆氣。「所以我們得更小心。」

「小心？」狼人T嗓門還是很大。「那要怎麼小心啦！」

「你說話小聲點，就是一種小心啦！」吸血鬼女瞪了狼人T一眼。「我想，我們得分開行動。」

「分開行動？」

「言之有理。」少年H點頭。「那東西太重要，我們若聚在一起，恐怕會被一網打盡。」

「可是，可是我們四個湊齊，戰力才強不是嗎？」狼人T吼著，「別忘了，曹操那廝雖然強到不像話，我們四個合作還是幹掉了他啊。」

「呵，那是曹操啊，如果我們遇到更強的呢？」吸血鬼女搖頭。

「咦？還有更強的……？」

「當然還有！」吸血鬼女看著狼人T。「如果……我們遇到的是濕婆呢？」

「呃。」狼人T眼睛睜大。「濕……濕婆！」

對啊，如果在新竹師院遇到的，不是曹操而是濕婆呢？

貓女苦笑，「我們啊，應該變成刻在墓碑上的四個名字了。」

「沒錯，濕婆可不是我們四個合作，就能打敗的高手。」吸血鬼女語重心長，「所以我也贊成分開行動，畢竟濕婆再強，他也不可能分身成四個，將我們一網打盡。」

「嗯，這有點道理！只要不是濕婆親自來，我們也不怕。」狼人T點頭，他被說服了。

「但我們該怎麼分配呢？大家該怎麼去？東西又誰帶呢？」

「這地獄遊戲，從新竹到台北的路線，大概有四條。」吸血鬼女說，「火車、高速公路客運、高鐵，以及……省道。」

「我搭火車吧。」貓女輕輕一笑，「火車這種地方，無法群鬥，又有足夠的空間可以隱藏身形，應該很適合我。」

「那高鐵我領走了。」吸血鬼女撫摸著自己的黑色翅膀，那絲綢般的黑色。「飛行是我的強項，高鐵若是出事，至少我還能飛著逃走。」

「那……」狼人T摸著下巴，沉吟了一會，這時，少年H卻先開口了。

「T兄弟，你去弄台摩托車吧。」

「欸？」狼人T聽到摩托車，眼睛一亮。

「走省道，曠野中大規模的混戰，應該才能真正發揮你戰狼的本領。」少年H微笑。「對吧？」

「那……」貓女一愣，「H，你要搭國道客運？」

「是啊，好像只能這樣了。」少年H一笑。

貓女把雙手握緊，擔心的搖頭，「可是國道客運，客運行駛在高速公路上，一旦遇到強敵，是完全沒有逃脫機會的方式啊。」

「這麼說，好像是欸。」少年H微笑。

「而且，如果你在那裡遇到了濕婆……」貓女拚命搖頭。「那可是連一點生機都會被斷絕的啊。」

「H兄弟！你別開玩笑了，跟我一起騎摩托車吧！」狼人T粗著嗓門。「咱們再現一次地獄列車的經典戰役吼！」

「謝啦，狼人T，但有兩件事別忘了。」少年H伸出兩根指頭，彎下了第一根。「第一件事，我們應該以任務優先，這才是曼哈頓獵鬼小組最高宗旨，不是嗎？」

「嗯。」眾人沉默了。

當年，他們就是秉持這樣的精神，令整個曼哈頓的妖怪聞風喪膽。

「第二件事。」少年H彎下了第二根指頭。「別忘了，我可是死過一次，連象神都弄我不死的張小手呢，不是嗎？」

「呃。」眾人一呆。

「對吧。」少年H瞇著眼睛笑了，擁有老成靈魂的他，總是在這時候，展現一種純真。

因為這份純真，不由得讓人相信，他辦得到。

無論多困難的事情，他都辦得到。

「噗哧。」先笑出來的，是貓女，「什麼張小手啊，也不害臊，講得自己好像很年輕……」

「呵呵，是啊，我不老啊，至少我的心不老。」少年H看著大家，調皮的眼神中有著堅定不移的決心。「國道客運這條線，給我吧。」

眾人互相看了一眼，深吸了一口氣，而率先伸出手的，是狼人T。

「要活著啊，H小子，還有各位夥伴們。」狼人T粗大的嗓門裡面，有著一分不捨。

然後，他毛茸茸的大手上，又多了一隻手。

那是一雙修長幹練的女子之手，正是吸血鬼女。「平安完成任務，是我們最終的目標。」

女子之手，另一隻纖細柔軟的貓爪，也放了上來。

「一定。」貓女眼角含淚的微笑。

最後一隻手，是一名少年的手。

「要相聚。」少年H開朗而堅定的笑著。

一定，要相聚。

縱使我們知道，前方的旅途，將會有多麼危險。

我們一定會遵守約定。

我們，台北見！

新竹，清華大學外。

這裡有一條被大學生喻為「宵夜街」的美食小徑，路上數十個大大小小的攤位，滿足了附近兩間大學與科學園區，成千萬條渴望美食的舌頭。

這裡由於市場大，需求多，更漸漸成為小吃界的一級戰區，許多懷著小吃發財夢的年輕人來到這裡，靠著一勺鐵鏟，一塊鐵板，一個瓦斯爐，打造不少轟動全台的全新小吃。

而風靡一時的「炭烤雞排」就是一例。

如今這條小吃街中，正有一個人隱身其中，滿足的大啖美食。

他，不僅是地獄中數一數二的強者，更是黑榜十六強中絕對的老大。

蚩尤。

或者稱他為，土地公。

只見他身上穿著T恤，短褲頭，腳下踩著拖鞋，左手拿著蔥蔬餅，右手拎著雞排，吃得是嘖嘖作響。

「地獄遊戲的好處之一，就是不管你是哪來的神，哪來的魔，都可以化身一般玩家，享用這些人間美食。」土地公滿意的笑著，「對吧，九尾狐？」

「欸，笨蚩尤，你吃飯不會文雅一點嗎？有淑女在旁邊欸。」九尾狐此時低調的收起她的九條尾巴，換上小熱褲，合身的短袖，戴上墨鏡，宛如時尚又惹火的辣妹。

「品嚐小吃的真諦，就是要隨興啊。」土地公笑。

他一副宅男研究生模樣，偏偏身邊是火辣美豔的九尾狐，這樣怪異的組合，登時引起了宵夜街上許多雙好奇且妒恨的眼光。

每個人都在想，「這宅男的馬子，會不會也太辣啦。」

「不過，你這樣在這裡逍遙的吃喝，這樣好嗎？」九尾狐踏著風姿綽約的步伐，她對小吃很節制，畢竟維持好身材，是需要很多努力和犧牲的。

「怎麼說？」土地公嘴裡都是食物，含糊的說。

「地獄遊戲的戰情越來越混亂啦。」九尾狐皺眉，「濕婆旗下四大高手都已經退敗，他遲早會親自出手！他很厲害的你不知道嗎？少年H那幫人，怎麼可能擋得了他？」

「妳很愛擔心ㄋㄟ，女生都這樣嗎？」土地公嘻嘻一笑，「濕婆是很強，但他之所以能成為印度主神，可不只是他善於破壞，其實他也代表充滿了深沉與智慧，因為這樣，所以我覺得少年H他們還有機會……」

「嗯？深沉與智慧？還有機會？」九尾狐不解得睜大眼睛，看著土地公。

「反正天機不可洩漏，妳就甭擔心啦。」土地公聳肩，「若真要擔心，我還比較擔心那個女人呢。」

「女人？你擔心女人……竟然背著我擔心其他女人？」九尾狐眼睛眨動，幾乎要哭出來。

「喂，喂，不是這樣好嗎？妳也幾千歲了怎麼像個孩子一樣！」土地公急忙阻止泫然欲泣的九尾狐。

因為他發現，周圍路過的宅男眼神，已經從原本的羨慕變成了嫉妒與恨意。

每個人的眼中彷彿在說：「這小子把正妹已經很該死了，竟然還把她弄哭！」

「嘻嘻，」九尾狐笑著吐了吐舌頭，「騙到你啦，笨蚩尤，你這麼強，這地獄中還有哪個女人，足以讓你擔心？」

「那女人，不是普通人物。」土地公苦笑，「她手握死者之書，是能和我一戰的狠角色啊。」

「啊？」九尾狐眼睛眨了眨。「手握死者之書……所以你講的是……？」

「更令人煩惱的是，我對於她真正的善惡，」土地公搔了搔頭髮。「已經完全迷糊了呢。」

「嗯……如果你是說她……她若是覺醒，不知道對整個地獄遊戲，會帶來什麼樣的影響呢。」九尾狐想到這裡，也跟著皺起了眉頭。

「更何況……」土地公咬下一大口雞排，口齒不清的說，「目前所有事件的背後，還有一個隱藏人物。」

「隱藏人物？」

「濕婆逐漸式微的同時，這個隱藏人物遲早會浮出水面，親手阻止女神復活。」土地公吃著吃著，忍不住笑了起來。「呵呵。」

「笨蚩尤，幹嘛突然笑啦，看起來很笨哩。」九尾狐瞪了這宅男一眼。

「善惡莫測的女神即將降臨，隱藏人物呼之欲出，聖佛下落不明，象神預言更是迷離難解。」土地公越說，笑意越濃。「妳不覺得，這樣的地獄，比較好玩嗎？」

「嗯。」

「枯燥了數千年的地獄，因為一個遊戲而整個動了起來。」土地公吃完了最後一口雞排，「這遊戲的真相是什麼，我還真是好奇呢。」

真是，很令人好奇呢。

第三章《台北》

台北，陽明山上。

茂密的森林下，一個男子躺在地上，而他的身邊圍著四個人，以及上百隻的森林野獸。

無論是人或獸，眼神都同樣緊張，直盯著躺在地上的男子。

「眼鏡猴，你覺得，都過了一個小時了……夜王還不出來，會不會出事了呢？」這群人當中，一個身形是少女，背部卻長滿尖刺的女孩開口道。

她是斐尼斯四天王之一，『刺蝟女』是也。

「我想不會啦，刺蝟女，妳就甭擔心了。」第二個人背部長著野狗雜毛，聲音尖銳如嘶嚎，他是斐尼斯四天王中的『鬣狗』，「這男人很厲害，要不是他留下了村正刀，我們現在早就在那大蟾蜍的胃裡給消化掉了。」

「是啊。」第三個人是熊貓『團團』，他一邊咬著專屬於他的補血糧食『窩窩頭』，一邊摸著鼓起的肚皮說道：「他為了夥伴『約翰走路』涉險變成細菌，甚至潛入人體，是個了不起的大哥，不過現在問題是，他究竟會從哪裡出來？」

從哪裡呢？

眾人的眼神從約翰走路的鼻孔，掃到嘴巴、耳朵，最後忍不住停在腰部以下。

那個日常生活用來排泄廢物的地方。

「沒那麼賽吧，好歹也是主角之一……」刺蝟女才說完，眼睛一亮。「咦，注意喔，好像有變化了。」

變化？他出來了？

眾人同時屏息，只見一片幽幽白光從約翰走路的體內泛起，這是獸化解除的前兆，更表示夜王即將要現身。

「來了？」「到底會從哪裡出來？」『鼻孔，賭一百元遊戲幣！」「耳朵，五百元！」「嘴巴，一千元！」

這時，所有人都被一句話給震懾住。

「**我賭，十萬元。**」

「十萬？」

人類與野獸的目光都集中到聲音的來源處，這人不是別人，正是四天王的最後一人，少了一臂的科學宅猴，眼鏡猴。

只見他扶了扶自己的眼鏡，邪邪笑了。

「我賭的地方，正是屁股。」

「屁股？！」所有人譁然。

「因為人體中，最寬敞的出口，莫過於屁股了。」眼鏡猴瞇起眼睛笑，「咯咯，阿努比斯平常又酷又臭屁，超討厭的，從屁股出來剛好毀了他的形象！」

「是嗎？高見，真是高見啊……」四大天王們猛點頭，都覺得如果從屁股出來真的不錯，那真是大挫了遊俠團的銳氣

而且想到夜王酷酷，卻沾了滿頭髮大便的樣子，就不禁讓人滿心期待。

「啊，來了來了！」鬣狗手指著約翰走路的身體，喊了出來。「白光消失了。」

現場，約翰走路體內的白光消失了。

夜王的獸化已經解除。

他，應該出來了。

「我負責看嘴巴！」刺蝟女舉手。「報告，他沒有從嘴巴中出來！」

「我來看鼻子，NONONO，沒有，鼻孔空空。」團團笑吼著。

「耳朵呢？」鬣狗咆哮，「左右兩邊都沒動靜，沒有在耳朵！」

不是鼻子，不是嘴巴，也不是耳朵？

這秒鐘，所有人的眼光都看向了眼鏡猴。

「難道……」

而眼鏡猴更是用力揮舞著手臂，嚷著：「快從屁股吧，讓我好好賺一筆。」

「屁股！」「屁股！」「屁股！」群獸也吼著。

「屁股！」「屁股！」「屁股！」只是，奇怪的是，十秒後，聲音弱了。

「屁股！」「屁股！」再十秒，聲音莫名其妙的更弱了……

「屁股……」

「屁……」

眼鏡猴終於察覺，那些圍繞在他背後的聲音從微弱，甚至已經完全消失，最後竟只剩下他一人在吶喊。

情況大大不妙啊，眼鏡猴開始感到背部冒出了冷汗。

為什麼這群該死的野獸都不出聲了？難不成他們是見到了什麼？

然後，一個熟悉且低沉的嗓音，從眼鏡猴的背後傳來。

「你的十萬賭金，我就收下啦！」那是一個眼鏡猴熟悉無比的低嗓。「然後，我順便送你一件禮物。」

「禮物？」眼鏡猴慢慢的轉過頭，那只古老的木雕胡狼面具，就在他面前，驚悚而充滿魄力的矗立著。「別，別那麼客氣嘛……夜……夜王老大！」

「別客氣啊，收好它啊。」阿努比斯一笑，然後拳頭揮了過來。「這可是千錘百鍊的……拳頭勒！」

砰的一聲，阿努比斯的重拳，砰的一聲揍上了眼鏡猴的臉。

一切彷彿都進入慢動作影帶中，他的臉開始擠壓變形，脖子嘎吱嘎吱的扭轉，然後他身體也跟著轉了兩圈，同時凌空飛起，至少飛了幾百公尺，才砰一聲倒栽蔥的落下。

「看在你是H小子朋友的份上，我只用了半成力。」阿努比斯擦了擦拳頭上的血跡，彎下腰，以指頭拂過約翰走路的眼眶。

那裡，有一滴淚。

晶瑩剔透的淚。

「你們猜漏了一個地方。」阿努比斯的指尖，凝聚著那滴淚，宛如一枚夜之寶石。「這一滴眼淚，才是我出來的地方。」

「眼淚啊。」群獸急忙見風轉舵，亂拍馬屁。「不愧是夜王啊，沒有從屁股出來！」「若是打噴嚏出來，也是稍微遜了點！」「沒錯沒錯，正所謂英雄淚，從眼淚出來，才有夜王的地位象徵。」

「別吵。」阿努比斯皺眉，「戰鬥還沒有結束，別高興得太早。」

「還沒有結束？」群獸的鼓譟戛然而止。

「因為，另一股力量，真正厲害的力量，正火速朝這裡靠近。」阿努比斯昂起頭，面向南方，語氣中是難以抑制的興奮。「今晚我們不會寂寞了，是吧？村正、阿猊，還有，約翰走路。」

阿努比斯回頭看去。

一把刀，一團火，以及那個剛從地上爬起的男子，同時應諾。

他們或許是最古怪的團體，但卻沒人敢否定，此時此刻的陽明山，他們是最強悍，也最具毀滅性的戰鬥團隊。

只是，他們並不知道，他們所要迎接的，豈止是一個強者而已。

那是霸王，黑榜上唯我獨尊的霸干。

如今這霸王，正踏著強大的步伐，朝著此地而來。

遠處，高鐵墜地的廢墟正冒著熊熊火焰，更引來地獄遊戲裡頭的「消防隊員」，他們拿著各種消防用的道具，拚命搶救。

廢墟中，一個男人一腳踢開了鐵板，從地底下站了出來。

映著陽光，他露出笑容，順手拉起鐵板下的另一個女子。

「看樣子，諸葛孔明的鳳凰火焰陣，也沒啥了不起的嘛。」男子微笑，「對吧，法咖啡。」

這從廢墟中爬出的女子，正是地獄遊俠團的第二把交椅，法咖啡。

而這粗豪男子，正是她在高鐵上所遇到喪失記憶的男子。

「嗯。」法咖啡蹲著，眼睛瞇起，此刻的陽光明媚。「你還是沒想出自己的名字嗎？」

男子搖頭。

隨即，他伸出了一根指頭，放在自己的唇邊。

「怎麼？」法咖啡昂頭，瞇眼看著。

「噓……」男子輕聲說。「我們被包圍了。」

「啊？」法咖啡忽然懂了，所謂被包圍，究竟是怎麼回事了。

數十根粗大無比的水管口，已經悄悄的從火災現場移開，現在正對著他們兩人。

法咖啡瞬間明白，這裡畢竟還是地獄遊戲，就算地獄政府已經被現實玩家們打到欲振乏力，但，這裡終究還是他們的地頭。

殲滅玩家，才是他們盡忠職守的任務。

他們是怪物，名為消防隊員的怪物。

「別緊張，只要一秒。」男子雙手慢慢張開，精純而霸氣的靈力，化作一把又一把利刃，懸浮在他的周圍。「就夠掃蕩他們了。」

「玩家，受死！」消防隊員一聲令下。

數十根水管如同巨蟒抖動，口噴具有強大腐蝕性的水柱，朝著男子與法咖啡而來。

一片水光中，這個男子雙手張開，宛如頂尖的指揮家，站在千萬觀眾之前，狂亂而暴力的揮灑他的指揮棒。

「刀啊，全部給我出去。」

利刃射出。

化作千萬縷銀線。

穿過滂沱水柱，穿過消防隊員的甲冑，然後，穿過每個人的胸膛。

刀子餘勁未止，連心臟都被穿了出來。

只有一秒，卻漫長如數十分鐘。

當一秒結束，水柱落下，消防隊員倒下，在飛濺的水珠中化作滿地的道具。

「嘖。」法咖啡充滿表情的美麗臉龐，在這一剎那，閃過的是崇拜以及驚懼。

因為她再次意識到，這男子只用一秒，就坑殺百名消防隊員，這樣的級數，恐怕還在夜王之上。

如果當真讓這男子與夜王碰上……

想到此處，她不敢再想下去了。

「一秒。」男子微笑，他完全沒有察覺法咖啡的真正心情。「我沒說謊吧。」

「是啊，」法咖啡環顧四周，用力吞了一口口水，強顏歡笑。「只可惜了這些消防隊員，在現實世界，他們可是很了不起的人呢。」

「遊戲裡頭是遊戲，又不是現實世界，別搞混就好啦。」男子笑，伸手想要揉揉法咖啡的頭，那是一種哥哥對妹妹，親暱的情感。

但法咖啡卻輕輕的一轉頭，巧妙的避開了男子的手。

「咦？你看，那是什麼？」法咖啡一轉頭，在陽光下，她發現了一個特別的東西。

「喔？」男子順著她的目光看去。

他也發現了異狀。

偌大的廢墟裡，竟還有一個消防員躺著。

沒錯，在所有的消防隊員都已經化成道具的同時，竟還有一個消防隊員，直挺挺的躺在地上。

「按照我在遊戲中的經驗。」法咖啡皺眉，起身，右手的藍光閃爍，工數之鎚隱然成形。「這只代表一件事。」

「什麼事？」

屍體為什麼沒有消失？一股詭異氣氛瀰漫四周。

「朋友，既然來了，怎麼還不現身？」法咖啡舉起鎚子，一躍而起，就要對著屍體，狠砸下去。

然後，一件令她驚異的東西，噗的一聲，從屍體內部，直射了出來。

一眨眼，那閃爍銳利的薄刃，已經來到了法咖啡的眼睛下緣。

「小心！」

如利刃的薄光，從倒地的消防員體內射了出來。

速度之快，讓法咖啡措手不及，只能雙手抓著巨鎚，愣愣的看著這片薄光，來到自己的眼睛下方。

只差零點五公分，就足以把自己的雙眼，一抹而瞎。

「吼！」一旁的無名男子，口中發出怒吼，右拳一握，靈氣化成一柄長長的薄刃，穿入了這僅僅零點五公分的縫隙。

錚的一聲。

薄光被靈氣之刃給阻擋，往後回彈，在空中急速旋轉後，又落回了消防員屍體之內。

「沒事吧？」無名男子一收薄刃，高大的身軀，擋在法咖啡的面前。

「沒事。」法咖啡搖頭。「不過……我已經知道那是什麼了！」

「這是什麼？」

「那是一張牌。」

「牌？」

「一張畫著小丑的鬼牌。」

「啊？」無名男子詫異，忽然問，眼前的情景再度變化，變得詭異莫名。

因為那不死的消防隊員慢慢的起身，雙手雙腳撐地，宛如野獸蹲踞。

『我是鬼牌，咯咯，我聞到附近有強者的氣味。』消防隊員的嘴巴張開，聲音尖銳而詭異。『強者，你想去找阿努比斯吧？』

「喔，你所說遠方的高手，就叫做阿努比斯嗎？」無名男子露出饒有興致的表情。「我是想找他，你知道他在哪嗎？」

『我知道。』消防員的嘴巴一開一闔。『而且，我還可以告訴你，他的弱點。』

「弱點？」

『阿努比斯擁有死者之書部分的力量，所以能夠一直死後復活，要殺他，只有找出他的靈魂本體，而根據我不斷探查，他的靈魂本體就在地獄列車中，曾經出現的那隻小動物……』

「住口。」無名男子打斷了鬼牌。

『欸？』

「我也許不知道自己的名字，但我知道自己最討厭什麼……」無名男子慢慢的笑了，眼睛卻綻放濃烈殺氣。

『啊？』小丑操縱的消防隊員，彷彿感覺到什麼，往後退了一步。

因為恐懼，往後退了一步。

「我討厭，擾亂戰鬥有趣之處的人啊。」無名男子的手指一動，消防隊員的上方，陡然出現一把巨大靈刀。

『等等，我的情報很有用！這樣你才會百分之百獲勝啊！』消防隊員的聲音又急又慌。

「住口，雜碎！」

靈刀轟然落下，直接砸向小丑的消防隊員。

這一秒，消防隊員被靈刀壓得粉碎，化作道具四下飛散，而一張紅色的紙牌，更從飛散的道具之間，蜿蜒飛出。

只見小丑牌飛上了天際，聲音尖銳且憤怒。

『混帳！不要以為我受了傷，就動不了你嗎？』小丑牌狂吼，『我的特殊能力是什麼？你知道嗎？』

「無論你的能力是什麼，我都樂意奉陪。」無名男子昂著頭，微笑。

他從不畏懼，因為就算喪失了記憶，體內依然流著霸者的血液。

『吼！出來吧！』小丑尖叫，『你最害怕的人！給我出現吧！』

這秒鐘，小丑啟動了他獨一無二的能力，「恐懼」，一股渾濁的靈氣，在這一秒鐘，籠罩住了整片大地。

位居渾濁靈氣中央的男子，正是他，忘記名字的人。

「最害怕的人？」

男人感覺到周圍吹過一陣怪異的風，這風，彷彿讓他回到遠古以前的過去。

在這片記憶中，他看見了一條滾滾的大江，自己的影子倒映在水裡，身穿滿是血污的戰甲，頭髮散亂，手腳上全是生死搏鬥後留下的傷痕。

「這是誰？這是我嗎？」無名男子摸了摸自己的臉，臉上雖然傷痕累累，卻依然難掩強者的霸氣。

我是誰？誰又是我？

就在男子獃住的同時，江河上，一個老翁搖著槳，搖搖晃晃的靠近了。

「這位戰士，可是要過江？」那老人搖著槳，低聲詢問。

「我……我要過江嗎？」無名男子愣愣的問，他感到內心一陣無法言喻的悵然，為什麼呢？

無名男子看著眼前的老人，心神恍惚。

「是啊，你要過江嗎？」老人把槳靠在船沿，點起了菸草。「江的另一邊，叫做江東，是你出生和長大的地方，我記得你啊，年輕人……」

「你記得我？」

「是啊，幾年前我曾經載過你，你說你懷抱壯志，要導正亂世，要一統天下，所以帶了八千名士兵，過了這條大江，去挑戰秦王霸權。」

「我？去挑戰秦王霸權？」無名男子感覺到自己的腦中，有個嗡嗡的聲音正在迴盪。

那聲音，似乎就在唸著他自己的名字。

「你忘了嗎？」老人抽著菸草，慢慢的說著，「八千個年輕強壯的孩子，離開了他們的父母，跟著你來了。」

「我帶著八千個孩子，來江的另一頭打天下嗎？」無名男子眼神渙散，喃喃自語。

「可不是嗎？咦？那八千個孩子呢？現在怎麼只剩下你一個？」老人的眼睛瞇起。

「八千個孩子……」無名男子忽然感覺到內心一陣激動與悲傷，低聲說：「他們都死了。」

「死了啊。」老人吐出了煙，問道：「怎麼死的呢？」

「一開始很順利，天下幾乎是我囊中之物……直到後來我帶著他們攻城，攻那該死的成皋，結果兩年攻不下來，其間我用盡了戰術，火攻，水攻，甚至是用人牆破城，但都失敗了，我看著軍心越來越渙散，弟兄越來越少，我好慌，心好慌。」無名男子閉上眼睛，那些被自己遺忘的記憶，正一點一滴在心頭浮現。

「是啊，慌了，然後呢？」

「然後我聽到了家鄉的歌，劉邦派人在我營地的四周，唱起了我們楚人的故鄉之歌，一句一句歌詞，都深深打痛了我們弟兄的心，大家都無心戀戰了，這麼多年的南征北討，那麼多年的離鄉背井，突然間，大家都想家了……」

「想家了啊。」老人眼睛瞇起，輕輕的拍著船沿，竟唱起了一首歌，這是一首文字通俗，旋律優美的歌，「是這條歌嗎？」

「是……是啊……就是這條歌……」男子身軀微晃，在歌聲的帶領下，他正一點一滴的陷入了回憶的泥沼中。「我永遠記得，那晚，下起了傾盆的大雨，雨很大很大，戰士們躲在營地裡面躲雨，然後四面八方冒出了密密麻麻火光，劉邦的戰士掩著火光衝入營地，將我方殺得是一場糊塗……一場……糊塗啊。」

「喔，那其他的年輕兄弟呢？」

「其他兄弟也在營地裡，就這樣死的死，傷的傷。」無名男子聲音飽含著深刻無比的悲傷，「只有我一個人，在兄弟的掩護下，逃了出來。」

「只有你一個人逃出來啊？」

「嗯。」無名男子低下頭。

「只有你一個人活著，而你帶來的年輕孩子，那八千個孩子，都死了？」

「是的，都死了……」

「他們都死了，那你不覺得內疚嗎？」

「會……會內疚。」

「他們父母親相信你，把還有大好青春的孩子託付給你，你卻一個人逃出來了。」老人聲音越放越慢，「你還有臉回江東嗎？」

「我……沒有臉了……」

「既然你沒有臉了。」老人慢慢的拿下菸草，眼睛在裊裊的煙霧中瞇起，聲音又沉又緩，「那你還活著幹嘛呢？」

「是啊，我活著幹嘛呢？」無名男子苦笑，他想起了那八千張年輕的容顏，每個人注視著他時，那種信任，那種崇拜，如今，他卻拋下了他們，一個人逃了。

說什麼東山再起？這樣的自己，有顏面活在這世上嗎？

「既然沒有活下去的道理……」老人語氣越來越溫柔，眼中的殺氣卻越來越濃。「那不如拿起你手上的刀吧。」

「刀？」無名男子低頭，看著自己手上，正握著一把刀。

刀鋒因為經歷砍劈而毀損，因為沾染鮮血而鏽蝕，無名男子認出了這把刀，這是一把曾經陪伴他打下大片江山的夥伴。

昆吾之刀。

「拿起刀，只要輕輕的在你的脖子一抹。」老人眼神異光閃爍。「這一切就結束了。」

「是啊，就會結束了……」無名男子眼睛閉起，右手緊緊握住刀柄，一點一點朝著自己的脖子靠近。

昆吾之刀，這把經歷無數戰役的修羅之刃，用鮮血堆疊而成的絕倫鋒利，只要輕輕一劃，無名男子的頭，就會應聲而斷。

只要輕輕一劃，這些失敗的痛苦，自責的痛苦，就會遠離自己，讓自己徹底解脫了。

只要，輕輕的一劃……

只要……

「不可以！」

而就在男子的刀，朝著自己脖子抹去的同時，一個高亢的女子尖叫，穿過了江上的層層水氣，傳到了男子的耳中。

「啊……」項羽微微一頓，但隨即手臂又繼續往自己的脖子抹去。

「住手！你傻了嗎？這樣拿刀劃自己的脖子，你會死掉的啊！」法咖啡奮力大叫，她死命拉住了恍惚的男子手臂，想要阻止他自殺的動作。

「沒用的，小姐。」這時，法咖啡才發現，不知道何時男子面前多了一個戴著斗笠的老人。

這老人是什麼時候出現的？是那張鬼牌變出的戲法嗎？

這老人抽著菸草，慢條斯理的說著。「他此刻陷入自己的魔障中，妳救不了他的。」

「誰說的！」法咖啡怒吼，向來氣質高雅的她難得的失控，她知道自己拉不動男子的手臂，唯一的辦法……「出來吧，我的工數之鎚！」

「沒用的啦。」老人搖頭，他的背上此刻正停著那張跳舞的小丑牌。「要阻止他，除非是和他相同級數的強者，妳還未夠班啊。」

「我的老大告訴我，為了夥伴，絕對要戰到最後一刻。」法咖啡一咬牙，手上的槌子，已經揮了出去。「絕對要戰到最後一刻！」

巨鎚在空中劃出湛藍迴影，擊中男子握刀的粗壯手臂。

噹。

空氣中，竟傳出一聲金屬對撞的沉重巨響。

「這男人的手，竟比鐵還硬？」法咖啡只覺得手中鎚子一抖，一陣如天崩地裂的反震力，整個回捲了過來。

下一秒，法咖啡雙手虎口同時迸裂，連帶的手腕皮膚裂開，手臂衣袖破碎，衣屑紛飛中，強大反震力衝到上臂。

「啊啊啊啊啊……」法咖啡整個身體往後滾去，在地上擦出一條長長的痕跡。

「我就說了吧。」老人吸了一口菸草，瞇著眼睛笑了。「別太不自量力啊，小姑娘，要阻止他，妳差太多了。」

「可惡，」法咖啡扶著大鎚，緩緩起身，「你是誰？你究竟是誰？為什麼要陷害這個連自己名字都想不起的可憐人。」

「我陷害這可憐人？」老人搖了搖頭，伸手扶住斗笠，慢慢脫了下來，「我想搞不清楚狀況的人，是妳啊。」

「啊？」法咖啡眼睛睜大，眼前這個人……

她曾見過，而且還是在歷史課本中……

「我本姓劉，一個字邦，朋友總稱我一聲『沛公』。」老人脫下了斗笠，露出一張英氣勃勃，卻又帶著些許流氓氣質的臉龐。「當年，我可是差點栽在這『可憐人』的手下，丟掉這一大片江山啊！」

「啊啊啊啊啊！」

宿敵？法咖啡的腦海嗡然一聲。

沛公劉邦，他不是中國最強盛世之一『漢朝』開國皇帝嗎？

所以眼前這個無名男子，是和劉邦爭奪天下，被喻為霸王的男人……

「懂了吧。」沛公劉邦微笑，陰惻惻的笑著，「我可是應著小丑牌的邀請，特地從地獄回來，再殺一次我這個好朋友『項羽』的呢。」

項羽？

西楚霸王，項羽？

這無名男子是項羽？

「嗚吼～」無名男子聽到項羽兩字，忽然發出一聲悲鳴，手上的昆吾之刀，陡然加速，朝著自己的脖子砍去。

「不要！」法咖啡尖叫，不管雙手已然重傷，邁足狂奔中，巨鎚再起，朝著無名男子手上的刀揮擊。

她知道，也許她阻止不了這男子，她也知道，這一擊下去，她受傷的肯定不只是雙手，恐怕性命都要賠上。

但，她仍要揮鎚。

因為，她是遊俠團的，遊俠團可是從來沒有在放棄夥伴的。

「這是我們老大教我們的！」法咖啡豪氣的微笑，手上的鎚，擊中了項羽如鋼鐵般的手臂。

眼看男子的刀，就要切到脖子，昆吾刀尚未碰觸肌膚，其鋒利的殺氣就已經在脖子肌膚表皮上，壓出一條勒痕。

這一秒，時間彷彿靜止。

奇怪的是，法咖啡的鎚子擊中了男子的手臂，卻沒有被震飛。

手臂握的刀同時劃到了自己脖子的男子，更意外停止了動作。

一旁的沛公站起，眼睛大睜，手上的菸草落在地上，濺起幾絲火星。

小丑牌也停止了跳舞，臉上的妝從笑臉變成了驚訝之臉。

這一切彷彿靜止。

靜止的原因，卻是一發子彈。

一發繞過層層人群，避開法咖啡與巨鎚，瞬間卡住男子刀柄的子彈。

這子彈的級數夠高，竟擋住昆吾之刀？

現場一片靜默之後，最先有反應的，反倒是法咖啡。

她笑了。

「這是獵槍的子彈！」法咖啡的笑容越來越大，雙手鬆開巨鎚，精疲力竭的她往後倒下。「我就知道，你永遠都能及時趕到。」

我就知道，你永遠都能及時趕到！

法咖啡喪失意識之前，口中吐出的最後兩個字：「夜王。」

夜王。

小丑的臉部整個扭曲，猛一回頭，一名男子正踏著豪氣的腳步，往這裡靠近。

「老二妳說得好，我們遊俠團可是不會放棄朋友的。」這男子這樣說著。「而妳認定的朋友，就是我的朋友。」

當他靠近，所有人瞧清楚了他的身形，身穿連身黑衣，肩上扛著獵槍，頭戴胡狼面具，一身剽悍霸氣。

「你是誰？」沛公劉邦站起，聲音驚疑，「項羽這廝雖然莽撞，但堪稱絕世高手，你竟然能破他的昆吾刀？」

「你！」而小丑卻尖叫起來。「又是你，每次都是你壞了我的事！」

「是啊，又是我。」那胡狼面具下，一個霸氣十足的笑容。「現在開始，是夜王時間了。」

項羽？

「項羽。」無名男子手上的刀下垂，低著頭喃喃自語。「原來我的名字，叫做項羽？」

阿努比斯走到了法咖啡的身邊，低頭探了探她的鼻息。

阿努比斯登時安心下來，法咖啡呼吸勻長，只是力竭昏迷，沒有大礙。

「力拔山兮氣蓋世，時不利兮騅不逝。騅不逝兮可奈何，虞兮虞兮奈若何……」無名男子閉著眼睛，聲音從原本的疑惑慢慢沉穩。「西楚霸王，楚漢相爭，天下爭霸，不敵醇酒一壺，原來，我真是項羽啊。」

「恭喜你。」阿努比斯微笑，他注意到整個大地，正因為項羽的甦醒，而微微震動。

連如此神祕巨大的地獄遊戲，都因為這強者的復活而感到震動嗎？

「我是項羽，」項羽轉頭看向一旁戴著斗笠的男人，「所以你就是劉邦囉？」

「哼。」劉邦臉色發青，冷哼著默認了自己的身分。

「我記得那張鬼牌說，會從地獄中拉一個我最害怕的人，是啊，當初你以四面楚歌一計，害得我兵敗逃向烏江，最後更逼得我因為無顏見江東父老，於烏江自刎。」項羽話雖如此說，語氣中十分平靜。「是的，我應該怕你。」

這份平靜出現在如此殘暴霸者的身上，卻令人感到全身起雞皮疙瘩。

「是嗎？」劉邦的語氣顫抖，乍聽之下，真正陷入恐懼中的男人，似乎不是項羽。

反而是這名叫沛公的男人。

「但是此刻，你沒有猛將韓信，沒有智臣蕭何。」項羽微微一笑，「好像，沒那麼可怕呢。」

「吼啊啊啊啊！」劉邦忽然起身，發出慘嚎，抓向背上的小丑牌。「快！你這小丑！快把我送回地獄！快！」

「太遲了。」項羽眼神綻放冷光，手上的昆吾刀輕輕一揮。

劉邦的左手不見。

左手化成一團血肉，噴向天空。

「快，讓我回去！」劉邦語氣哭泣，扯著小丑牌，而小丑牌表情也同樣慌張，他從來沒有遇過這樣的事。

這個叫做項羽的男人，不僅完全克服了自己的恐懼，更反過來威脅他的恐懼。

連「恐懼」本身都會恐懼的男人，究竟有多可怕？

小丑牌這項特殊能力縱橫地獄，唯一的一次挫敗，就是阿努比斯，因為他所畏懼的人尊貴了頭，小丑牌實在請不動。

其他無論是獵鬼小組的圓桌武士，還是躺在病床上的Mr.唐，小丑靠著這項能力，幾乎等於無敵。

但，他從來沒遇過這樣的情況，眼前這個名為項羽的中國霸者，竟完全征服了自己的恐懼。

他比阿努比斯還誇張，竟有人用這樣的方法，擊敗自己的特殊能力！這特殊能力可是二十二頁中的其中一頁哩！

另一頭的情況再變，項羽提著刀，走向劉邦，一身霸氣越來越強，大地竟隨著每踏一步，都震動一分。

劉邦不斷的逃，跌倒後爬起，繼續逃，而背後的項羽則緩緩舉起了昆吾刀。

揮下。

「求．求．你．快．讓．我．回．地．獄．啊！」劉邦伸出手，發出靈魂最後一聲嚎叫之後，整個人就被背後追來的刀氣給追上。

他的身體上下分開，分開的部分開始散落。

撕成了粉碎在天空的碎塊。

然後，化成了翩翩道具，落在地上。

當項羽的刀氣散盡，劉邦全身上下，只剩下一顆頭顱了。

「我有八千個兄弟被你害死。」項羽走向前，低頭看著劉邦的頭，「我砍你幾刀，不過分吧。」

「哼，項羽，我詛咒你，永遠無法再見到你心中的那個女……」

「還多嘴！」項羽皺眉，昆吾刀往下一斬。

這一刀，劉邦頭顱破碎，曾經叱吒人間的英雄爭霸，就在地獄遊戲裡，化成了一地血肉。

收拾了劉邦，項羽正眼一眼也不瞧在地上，有如蟑螂般偷偷摸摸爬行的鬼牌。

他看向阿努比斯，以及在地上昏迷的法咖啡。

「這女孩很好。」項羽眼神停駐在法咖啡身上。

「我知道。」

「你就是她念念不忘的老大？」

「是。」

「子彈是你發射的？」

「也是。」

「所以你很強？」

「好說。」

「既然這樣，那就三刀吧。」

「喔？三刀？」

項羽伸出了三根指頭，比向阿努比斯。

「我砍你三刀，若沒能打敗你，我就放棄這女孩，把她還給你。」

「哈，這是報答救命恩人的態度嗎？」阿努比斯微笑，他的靈力在拳心凝聚，泛起幽幽綠光。

「當然，若你沒有救我，我只用一刀就夠殺你。」項羽昂頭，淡淡微笑。「給你三刀，是尊敬你。」

「哈，」阿努比斯聳肩，「不過你也對自己太有自信了，三刀？」

「你可知，黑榜上，我曾與鑽石K織田信長一戰。」

「喔？」

「他連第二刀都沒挨過。」項羽慢慢的摸著手中的昆吾刀。「這樣說，你有沒有覺得安慰一點？」

「呵。」

「笑什麼？」

「我笑，我以為我已經夠狂妄了。」阿努比斯笑，「沒想到世界上還有另外一個比我還狂妄的人。」

「哈。」項羽舉起了手上的昆吾刀，正呼喚著他的靈力而發生變化。「是嗎？那我用點實力來證明好了，我這三刀很簡單，第一刀橫掃……」

「喔，橫掃？」阿努比斯注視著項羽手上的昆吾刀，忽然他感到呼吸窘迫，彷彿整個大地都被一股驚人的氣壓籠罩。

「來了喔。」項羽大笑，刀子一掃，從左到右的橫劈激射而出。

這「一」，竟讓阿努比斯渾身戰慄。

因為這不是一個普通的直橫掃刀氣而已，這是一個泛著暗血色光芒的字。

這暗紅色，更讓阿努比斯嘴角不禁揚起一陣驚駭的笑。

「難怪敢這麼狂妄，這是可視靈波啊！」阿努比斯眼睛瞇起，全身的靈力不斷鼓動翻湧。「第一刀，只是第一刀，竟然就打出可視靈波？」

話才說完，這由刀氣化成的「一」，夾著大地都為之戰慄的殺氣，已經來到了阿努比斯的面前。

* * *

同時間的不遠處，那因為項羽而重傷的法咖啡，則被約翰走路帶到一旁照料。

約翰走路疑惑的看著法咖啡，這個他曾經暗戀許久的女孩，此刻正出現了他無法理解的狀況。

她在發光？

身體周圍泛起柔軟透明的白光，白光中還流瀉出陣陣優雅香氣。

約翰走路感到心頭一陣緊張，可是他又不敢驚動夜王老大，畢竟此次老大所碰到的對手，非同小可。

約翰走路唯一能做的，是握住老大救醒他後，塞在他手中的東西。

那是一顆蛋。

「我也不知道這蛋會對你有什麼影響。」阿努比斯是這樣說的，「但拿著它，我有天會派上用場的。」

握著這顆蛋，約翰走路有一種預感，有天，它會派上用場。

肯定，會派上用場的。

第四章《送貨與送命》

新竹。

光華亮麗的白色大廳，充滿現代藝術的車站建築。

這裡的旅客行色匆匆，多半都穿著西裝，手提公事包，一有空就是打開電腦整理資料。

他們多半是商旅人士，而這裡，當然是以節省時間為主的高速運輸工具。

台灣高鐵。

如今，在這些商旅人士中，一個金髮女子，身穿剪裁合宜的黑色套裝，眼戴墨鏡，瀟灑而迷人的走在人群中。

她是吸血鬼女，在運送聖甲蟲的任務中，她選擇了高鐵這條線。

極致高速的世界，正是她擅長的領域。

此刻，就算是外籍人士經常進出的高鐵，陡然出現一名如此美麗高挑的金髮美女，仍非常引人注目。

只見吸血鬼女買了商務艙的票，往後一甩及肩金髮，走入了高鐵車廂。

當她找到椅子坐好，蹺起雙腿，正準備閉目養神。

然後，兩個聲音異口同聲的說：「閣下可是吸血鬼女？」

吸血鬼女眼睛微張，她見到了一對穿著黑衣，頭戴黑帽、墨鏡的瞎眼男子，而更引人注目的是兩位男子的膝蓋上，一只古箏橫跨其上。

「是又怎樣？」吸血鬼女仍保持慵懶姿態，淡然一笑，「你們想殺我？」

「不錯，殺了妳，討點賞金。」只見這兩名男子又再度異口同聲的說話，然後兩人四手，啪的一聲，同時按在古箏的琴弦上。

「哼哈，那來試試啊。」吸血鬼女輕笑。

兩男子四手同時往前用力一滑，琴弦震顫。

吸血鬼女皺眉，她彷彿見到空氣急速擾動，流動的空氣形成一把陰森的兵刃，朝著自己的腦門射來。

吸血鬼女身體不動，頭往旁邊一側。

兵刃穿過，墨鏡嘶的一聲被切成兩半。

「你們的能耐就這樣嗎？」吸血鬼女的墨鏡落下，露出底下一雙湛藍色的眼珠。

「當然不只！」兩個男子異口同聲的吼，雙手再度按住琴弦，就要往前推。

「用音樂殺人，不雅啊。」吸血鬼女微笑，身體旋起，宛如一個黑色陀螺。

黑色陀螺急旋而來，兩位男子尚未來得及彈出音樂，就感到一陣細柔的金髮掃過他們的面門。

癢癢的溫暖香氣，鑽入了他們的鼻腔，彷彿回到了孩童時母親的氣味。

只是，他們卻萬萬沒想到，這溫暖的氣味，將會是他們生命中最後的氣味。

因為下一秒，他們的兩顆頭顱，已經被提在吸血鬼女的手中。

當陀螺停止轉動，只見吸血鬼女已經回到座位上，順手把兩男子的頭顱擺到了一旁。

「哎呀，我怎麼忘了？」吸血鬼女用指頭敲了敲自己的腦袋，「忘記問這兩個傢伙的名字了，他們應該也是黑榜的角色吧。」

「不過，也許問你會知道吧。」吸血鬼女昂起頭，看著天花板，微微一笑。「是吧？下一組刺客。」

「咕！咕！」

高鐵的天花板上，一個禿頭中年男子，正像一隻蟾蜍般伏著。

他張開嘴，連聲音都像蟾蜍。「咕！咕！天下武功，無堅不破，唯快不破。」

「嗯，十二個字，長得不像是名字啊。」吸血鬼女彎著指頭數著。

「咕！咕！他們是天殘地殘！而我是殺手排行在他們之上的……火雲邪神！」這剎那，只見禿頭中年男子的雙腳用力，高鐵天花板一凹，他已經衝了下來。

天花板到座位上的吸血鬼女之間，距離太短。

短到已經完全沒留半點閃躲餘裕給吸血鬼女。

「快，果然快，得出絕招了。」吸血鬼女眉頭皺起，舌頭舔了一下嘴唇，露出嘴後那一對雪白的獠牙。

這對致命獠牙，是吸血鬼的專利武器。

但，吸血鬼女的獠牙，卻沒有派上用場。

因為，一道宛如閃電的黑光，橫過了高鐵的天花板。

黑光來得太快，就連吸血鬼女都愕然。

這道黑光就直接攔截了直衝而下的火雲邪神，而且黑光餘勁未消，扎的一聲，將火雲邪神直釘入高鐵的牆壁之中。

火雲邪神張大眼睛，瞪著自己胸口的箭，吐出了生命裡的最後一句話。

「好快……果然，唯快不破啊。」

一道突如其來的黑光，在眨眼間，截殺了火雲邪神。

速度之快，下手之狠，讓身經百戰的吸血鬼女都凜然一驚。

若黑光朝自己射來，我能全身而退？吸血鬼女感到自己的心跳撲通撲通的跳著。

而當所有動作都停止，她更進一步，看清楚了這黑光的真面目。

那是一枝箭。

箭尾烙著黑色羽毛的箭。

箭？吸血鬼女腦海中閃過如閃電的巨響。

地獄群魔群豪之中，有哪一個高手，以箭為武器的？

吸血鬼女的記憶中，那個用箭的高手，正是曾經帶領她最愛的獵鬼小組，大戰群魔的英雄人物。

難道，真的是他……

只是，箭的顏色……為什麼會變成了黑色？

***

羽箭震顫，吸血鬼女往前走去，以指尖輕輕撥開黑色羽毛，露出了刻在下面的字。

粗糙的木頭箭身上，只有一個英文字。

J

「J？真的是你？」這一秒，吸血鬼女感到一股熱流，湧上了眼眶。「難道是你？我以為那場驚心動魄的地獄列車事件之後……」

「好久不見啦。」接著，一個低沉的男聲，從吸血鬼女的背後傳來。「我們的三號。」

「真的，好久不見啦。」吸血鬼女昂起頭，閉上眼，想要阻止自己就要奔流出來的眼淚。「一號，永遠的獵鬼小組一號隊長。」

「呵呵，」那男子的聲音越靠越近，已經在吸血女背後三公尺處。「可是我不當隊長已經很久了。」

「你在我們的心中，永遠是隊長。」吸血鬼女慢慢的轉過身，「歡迎歸隊啊，羅賓漢J。」

羅賓漢J。

這個男人，擔任曼哈頓獵鬼小組的隊長，代號一號，功勳彪炳，率領二號圓桌武士雷，三號吸血鬼女，四號狼人T，以及實習生五號少年H，締造有史以來最強獵鬼小組紀錄。

群魔盤據的曼哈頓城市，在他領導之下，把這裡半數黑榜妖怪全都掃進了地獄監獄之中，更讓他成為黑榜妖怪亟欲追殺的「白榜」人物。

而當他自覺功成身退，要進行最後一次任務之時，卻碰上了獵鬼小組史上最慘烈的戰役之一。

地獄列車事件。

那短短的三十分鐘戰鬥，從最末節車廂到車頭的苦戰，讓這五位最強的獵鬼小組死傷慘重，而身為隊長的他，更為了堵住狂暴的惡靈們，重傷到幾乎無藥可救，直到……蒼蠅王將他交給了華佗。

如今，他回來了。

在吸血鬼女的高鐵車廂中，只憑一把箭，就射殺了黑榜妖怪中的強者「火雲邪神」。

「羅賓漢J，不，隊長。」吸血鬼女慢慢的轉頭，眼眶中盡是淚水。「我們等你好久啦。」

只是，當吸血鬼女轉過了頭，她被淚水模糊的瞳孔中，卻看到一幕她從未想過的畫面。

「啊。」

畫面中，黑色羽箭的鋒刃，正對著自己。

「抱歉了，吸血鬼女。」羅賓漢J帥氣的臉上，一個歉意的微笑。

然後，鋒刃瞬間放大，大到吞噬了吸血鬼女眼中所看到的一切。

新竹，市區機車行。

狼人T先花了一分鐘滅了兩個警局，然後抄了兩間學校，最後帶著比他身體大十倍的包袱，裡面塞滿了道具，來到機車行。

這機車行裡面，有著機車史上最經典的戰神，哈雷。

XL883哈雷。

500c.c的排氣量，這是足以和汽車匹敵的雙輪戰甲。

「我要這台車。」狼人T把袋子裡像山一樣的道具，全部倒了出來。「這樣夠嗎？」

「非賣品。」機車行店長看著像山一樣的道具，至少價值數百萬，他猛吞了一下口水，卻依然搖頭。

「那怎麼樣才肯賣？」狼人T以低沉沙啞的聲音問道。

「這不是肯不肯賣的問題。」店長是個四十歲左右的型男，牆壁上貼滿了他騎摩托車四處征戰得獎的照片，不過這些照片的最後一張，也解釋了他為何停止在機車世界爭霸。

那是一張他與小孩合照的照片。

「那是怎麼樣的問題？」

「哈雷，機車界的戰神，向來不是你挑選它……」店長摸了摸下巴的短鬚。「而是它挑選你。」

「喔？它挑選我？」

「上車吧。」店長比著哈雷，「你能騎動它，它就是你的了。」

「哈，這麼屌的車，我喜歡。」狼人T走到了哈雷的旁邊，將鑰匙插入了哈雷的鑰匙孔。

鑰匙轉動。

這剎那，狼人T感到哈雷機身傳來一股震動。

這股震動，暴力卻綿密，那是充滿剽悍曠野的風，那是自由與狂野的風，那也是烈火與戰士的風。

而那更是，與狼人T相同的風。

「看樣子，你也很特別啊。」店長的眼神，露出一絲詫異與激賞。

「哈，哈哈哈。」狼人T大笑間，雙手握住機車把手，油門催動。

這一秒，狼人T感覺到哈雷的風，化成了實質的力量。

一股將它整個人往前猛拉，宛如一頭深藏在地獄深處的三頭獵犬，要將騎士徹底撕扯成碎片的力量。

「從來沒人說過，哈雷是頭溫馴的猛獸啊，年輕小子，小心啊。」店長拿起一根菸叼在嘴裡，可是卻沒有點燃，要知道自從有了小孩，他可是連菸都戒掉了。

哈雷的引擎聲，震動著整家小店。

與狼人T進行一場暴力戰士的對決。

「吼！！」只聽到狼人T怒吼，全身上下的肌肉都鼓起，化成更強悍的力量，注入了他的雙手。

然後，哈雷動了。

順著狼人T的手，輪胎往前滾動了。

馴服了。

狼人T馴服這頭公路的極限戰神，哈雷了。

當狼人T順利的將哈雷掉轉車頭，朝著門外，一頂安全帽，從店長的手中拋出，被狼人T一把接住。

「嘿，這台哈雷就交給你了。」店長叼著菸，他注視哈雷的眼神，剽悍中卻帶著溫柔。彷彿目送自己最愛的小孩長大離開。

「這台哈雷上一代主人是你吧？」狼人T手轉動離合器，發出震耳欲聾的引擎聲。「我必須說，你是一個好主人，車況很好。」

「謝啦，但當哈雷遇到你。」店長笑，「我相信，它會脫胎換骨。」

「哈哈哈。」狼人一催油門，哈雷前輪翹起，宛如猛虎破柙而出，朝外面衝了出去。

我會與我的哈雷，共同締造「狼之道」。

「我會的。」

狼人T騎著哈雷，從新竹南寮漁港，彎向了濱海公路。

新竹，這座以風著稱的城市，再加上濱海沿岸強勁的海風，更增添了不少浪人漂泊的味道。

狼人T彎上濱海公路，以時速一百四的速度，豪氣行駛。

然後，他發現了一件怪事。

寬闊的馬路，地面上多了一塊黑色的深淵，深淵極寬，把道路截成了兩段。

「斷路？」狼人T的哈雷停下，皺眉往下看。「這手筆未免也太大了吧？」

然後，狼人T昂起頭，他聞到了。

空氣中不知道何時開始，瀰漫了一股臭味。

很臭很臭，這是屍臭味。

而順著屍臭味的來源，狼人T更看到了。

遠處的地平面上，一個黑點，正一跳一跳的往自己的方向靠近。

「那是什麼？」狼人T眯起眼睛。

而當黑點越來越近，他真實的面目也已經隱約可辨，那是一個人，身穿破碎軍甲，雙手平舉，跳躍時雙膝不彎，全身僵硬。

「好怪啊，這人是玩具嗎？」只是狼人T才笑了兩聲，卻立刻啞住，取而代之的是扭曲的詫異表情。

因為就在那怪人的身後，寬闊的地平線上，數不盡的黑點正在跳動。

每個黑點，都同樣不自然的跳躍著。

「我的天。」狼人T咕嚕一聲吞下了口水。「到底有多少……」

此刻，狼人T忽然明白了。

這場曠野之上，數萬比一的慘烈戰役，就要上演了。

「H小子啊H小子，你建議我選擇荒野，簡直就是……」狼人T的雙爪亮出，在空中劃了一個刀光凜冽的X，「太了解我啦！」

新竹，火車站。

一台通往台北的列車，已經出發。

這該是貓女搭上的火車，但奇怪的是，火車上卻沒有看到她的影子，反而看到一個矮胖的男子，率著一大群面目兇惡的壯漢，從車尾的車廂就開始翻箱倒櫃。

這男子的外表似曾相識，是的，他就是以拉屎羞辱英雄典韋，操弄呂布差點玩掉貓女九命的地獄流氓。

劉禪。

「給我好好的搜。」劉禪粗肥的短手指，頤指氣使的指揮著那群壯漢。「記住，貓女是一個黑髮，身材火辣，說話嫵媚的女人，找到她，立刻通知我。」

「是！」這群壯漢大聲回答，看他們的外型，就知道這群壯漢根本不是人類。

每一隻都是披著人皮的妖怪。

他們眼中透露著不尋常的妖光，在各大車廂騷擾著。

只是，當他們繞了足足一圈，卻帶給劉禪一個出乎意料的消息。

「老大，沒發現你說的那種人勒？」其中一個壯漢說。

「沒有？」劉禪皺眉。

「是啊，整列火車中，只有六個人，其中老的少的高的胖的傻的瘋的都有……就是沒像你說的，那樣的辣妹啊！」

「哼，我的情報不可能有誤！」劉禪咬牙，「你們說六個人是吧？全部把他們聚集在一起，我親自來查！」

第一節車廂內，六個人或蹲或坐，聚集在一起，而周圍則站著十幾名壯漢。

壯漢們突然立正，因為他們的頭頭來了。

劉禪。

「就這六個？」劉禪走進一看，這次，連他的臉都不禁抽搐起來。

因為這六個人當中，當真沒有半個人長得像貓女，甚至連雷同的都沒有。

「貓女，別以為懂一點易容術，就騙得倒我大漢皇帝劉禪。」劉禪咬牙，拇指按住半邊的鼻子。

蹭的一聲。

一條又長又粗的綠色鼻涕，已經從另一邊的鼻子，鑽了出來。

接著，劉禪右手抓住那條鼻涕，臉露冷笑。

「看我鼻涕七殺技之『鞭長涕及』！」劉禪話還沒說完，手一揮，手上那條鼻涕，已經如同一條噁心的綠色長鞭，朝著蹲在地上的六人，狠狠甩了出去。

「貓女啊貓女，我就不相信，妳這樣還不露出真身？」

只見六人同時尖叫，鼻涕已經黏住了第一個人，然後強大的腐蝕力，把第一個無辜的旅客融成了一大塊綠色的泥巴。

剩餘五個人，開始四下逃竄。

「咯咯，運氣不好，沒中。」劉禪甩動鼻涕，朝著第二人甩了過去。「剩五個，機率五分之一。」

第二個受害者很快的出現，劉禪手上的鼻涕宛如具有生命，在火車上快速蜿蜒，黏住了第二個人的背。

毒氣先是去了衣服，滲入皮膚，最後一口氣灌入了脊椎。

還在奔跑間，乘客的身體就開始融化，等到他跑到車廂底，全身已經變成了無可救藥的綠色。

越跑越低，越跑越矮，最後變成一大灘蠕動的綠色毒液。

最後，完全不動了。

「又沒猜中啊，運氣真差，我不能去玩俄羅斯輪盤。」劉禪假裝懊惱，臉上卻佈滿陰沉笑容，手上的鼻涕之鞭不停，繼續抽向第三人。「剩下四個，機率是四分之一。」

這第三人，在地獄遊戲中也算是資深玩家，具有四十九級的高等級，他可不會坐以待斃。

「金色戒指！」他吶喊，黃色光芒籠罩全身，這是商人的證明。「出來吧，陸客血拼團。」

陸客血拼團，是最近世界旅遊業的最愛，他們財大氣粗，一擲千金，就像是四十年前的台灣暴發戶。

只見黃光過去，一堆操著大陸腔的男男女女出現，拿著大把人民幣，朝著劉禪丟來。

人民幣貴為如今世界最強勢的貨幣之一，一丟起來鏗鏘有力，甚至把火車鋼板，直接打凹。

「傻瓜，我們的等級不一樣。」劉禪冷笑，手一抖，「鼻涕七殺之二，『天女散涕』！」

只見那條宛如毒蛇的鼻涕升上了天花板，然後由濃稠轉水狀，在空中微微一頓，就變成滴滴綠色涕珠，撒落整節車廂。

而這些陸客一碰到這些涕珠，臉上購物的狂喜瞬間變成了驚愕，然後再變成哀號。

因為他們無一倖免，被鼻涕毒化成人肉泥巴。

只是，這招天女散涕攻擊範圍太廣，劉禪的手下也都無一倖免，他們摔倒在地上化成綠色泥團。

只有一個手下，眼睛閃過一道陰柔異光，速度極快，竟躲過了綿如細雨的鼻涕。

「老大，救命！老大！」「老大！為什麼連我們都……」「啊啊啊！」

慘嚎聲不絕，整個車廂到處都散滿了綠色鼻涕，車廂有一半的人都被這招掃中，變成了一堆堆綠色屍體。

當然，連那個商人玩家也不例外。

「你們這些笨蛋。」劉禪腳踩過滿地的鼻涕，走到了車廂門口。「我鼻涕有毒，你們不會閃喔。」

他手握住車廂門，冷冷一笑。

「還有三個，逃到了第二節車廂。」劉禪手一用力，車廂門應聲而開。「機率已經剩下三分之一了。」

說完，門已經推開。

只是，門後的這幅光景，卻讓自信滿滿的劉禪，都禁不住的一愣。

* * *

車廂門後。

有著三種武器，工人的釘槍、農夫的鐵鋤，與士人的魔法書。

而它們全部殺氣騰騰的對準劉禪。

「搞什麼啊？」劉禪皺眉。「你們合作啦？」

說完，三種武器噴發出來的三色光芒，強烈的紅，尖銳的綠，與兇猛的藍，就這樣化成一股三色大浪，一口氣吞噬了劉禪。

* * *

但是，三色光芒散盡，這三名玩家的臉色卻不喜反驚。

因為，劉禪還站著。

他用小拇指挖著鼻孔，臉上盡是不屑的獰笑。

「這一招記住了，叫做『天涕無縫』。」劉禪冷冷的笑著，他的身體外圍浮現了一顆綠色半透明的大圓球，剛好將劉禪的身體全部罩住。

就是這半顆鼻涕圓球，在這一剎那，擋盡了這突如其來的三色攻擊。

「逃！」三名玩家互相交換了眼色，慌忙轉身，繼續他們的逃亡之旅。

「別傻了，你以為我會讓你們繼續跑出我的掌心嗎？」劉禪鼻子用力一噴，綠色長鞭再度被他握在手上。「死光光吧，小蟲們！鼻涕七殺之『涕長莫及』！」

三名玩家拚命的跑著，但是他們的腿再快，究竟比不上像條大蛇的綠色鼻涕。

「啊啊啊啊！」三個人大喊，綠色鼻涕已經後發先至，從他們面前繞過，接著把他們全部捲了起來。

「三分之三，全逮住啦！」劉禪鞭子一抖，來自鼻涕的邪惡毒氣，登時灌入了那三人的體內。「我的毒這麼厲害，貓女，妳還不現身嗎？」

三人哀號聲起，身體開始融化。

奇怪的是，貓女的真身，卻沒有顯現。

「為什麼……」劉禪歪著頭，眉頭深鎖。「為什麼貓女沒出現？乘客不過就這六人啊？六分之六的機率……難道，火車上除了乘客還有誰？扣掉我……」

看著眼前三人化成的鼻涕泥巴，忽然間，劉禪懂了。

貓女才不是笨得藏在乘客裡，她藏的地方，是最危險，也最安全的地方。

然後，一個輕柔的笑聲，從劉禪的耳後根響起。

「嘻嘻。藏在敵人的身旁，才是最安全的地方，這道理，可是暗殺界的基本法則啊。」

「貓女，妳……」劉禪驚怒回頭，發現自己倖存的最後一個手下，外表粗豪的男子，卻擺出柔媚的動作，伸出舌頭舔著自己的手背。

而這手下的眼神，陰柔而銳利，一股恐怖的熟悉感登時竄上劉禪的背脊。

「你找我嗎?劉禪。」那手下的聲音，柔細而嬌膩，「我一直在你身後啊。」

「回來!我的鼻涕!」劉禪尖叫，手臂使勁回扯，想把剛才撲殺三個玩家的鼻涕之蛇，硬是扯回來。

可是，怎麼來得及?

鼻涕之蛇再快，怎麼追得上貓女的爪子。

噗的一聲。

貓女的五爪，已經從劉禪的背部冒了出來。

「結束了。」貓女輕輕的說，「你這個讀者票選中，最令人討厭的壞人。」

「喝喝……喝喝……喝……」劉禪身體扭動了兩下，嘴裡冒出無意義的聲音。

五爪透心，劉禪顯然是死定了。

只是，這個地獄遊戲中，唯一一位差點奪去貓女九條命的惡棍，會這麼輕易掛掉嗎?

反倒是貓女的臉色變了。

驚愕萬分的變了。

因為她發現，眼前的這個劉禪顏色改變了。

他變成了綠色，徹頭徹尾的變成了鼻涕般的綠色。

「綠色？該死，這是假人？」

貓女的臉色驟變，同時爪子深深陷入了劉禪的胸腔中，完全不能動了。

「為什麼，這不是人的身體？」貓女倒吸一口涼氣。「這是……鼻涕？」

「這是，鼻涕七殺之四，」車廂的另一頭，車廂的門被推開，一個男人走了進來。「假涕真作。」

該死！這男人才是真正的劉禪。

「哼。」貓女看著自己的爪子，不僅被這用鼻涕作成的劉禪給困住，而且皮膚泛綠，顯然毒氣已經攻入了她的體內。

貓女暗叫，這毒好厲害，以她五千年道行，竟也會被這毒氣攻入？

「咯咯，我可是最令讀者討厭的壞人，像我這麼壞的人，有這麼容易被幹掉嗎？」劉禪咯咯的笑著。「而且，妳知道為什麼濕婆會放心讓我來對付妳嗎？」

「哼。」貓女眉毛昂起。

「原因很簡單，因為我很了解妳。」

「了解我？」

「我了解妳，妳太有名了貓女，我還在地獄裡，就是妳的超級粉絲，之後更經歷過與妳的生死交手，更讓我了解妳的體術極限，妳的九命怪招，我甚至了解妳的巫術之門……」劉禪咯咯的笑著，「越是了解妳，就覺得妳好迷人，好誘人，這麼惹人愛的獵物，我怎麼捨得讓給別人呢！」

「變態！」

「嘻嘻，我不排斥變態這個綽號啦，不過我更希望妳叫我『鑑賞家』哩，畢竟我可是懂得鑑賞妳這美女的人。」劉禪一擤鼻子，一條綠色鼻涕長鞭，再度出現在他手上。「再見啦，貓女，讀者票選中，令讀者最心疼的女生！」

此話說完，綠色長鞭化成有生命的大蛇，繞過層層的座椅，朝貓女的頭顱直射而來。

「呼。」貓女看著那綠色大蛇，微微嘆氣，咬牙，左爪亮出，對著自己動彈不得的右爪，輕輕一劃。

胳臂分離。

綠色鼻涕同時撲到，卻撲了一個空，滿地濺開的綠色鼻涕裡，早已不見貓女蹤跡。

「好快。」劉禪看著空蕩蕩的火車車廂，臉露獰笑。「可是妳以為中毒的自己，還能活多久嗎？剩下的八命，就讓我一次接收吧。」

火車另一節車廂的角落，貓女握著自己斷掉的右臂，不斷喘氣。

每一下喘氣，都越來越衰弱。

「第一命的能量快用完了。」貓女眼睛慢慢瞇起，瞳孔中是能量即將用盡的黯淡。「劉禪！我以貝斯特女神之名發誓，我一定會在這八命結束之前，把你徹底結束掉。」

此刻，美麗與醜陋，機靈與邪惡，貓女與劉禪的互相獵捕，就這樣在這班時速一百五十公里的火車上，戰慄上演。

這裡，是國道公路。

獵鬼小組中，負責國道公路路線的是他。

穿著簡單T恤，頭戴棒球帽，外貌只有年輕的十三、四歲，卻比誰都有智慧的武術老者，少年H。

他上了車，坐在靠窗的位子，看著窗外的景物從熱鬧的城市街景，逐漸轉變成高速公路附近的寬大空曠。

然後，高亢的煞車聲中，公車停了。

光復路，交通大學旁，這裡是上高速公路前的最後一個接駁站。

車門打開，然後嘶的一聲關上，一名乘客上車了。

這乘客踏上階梯的同時，少年H身體微微顫動了一下，眼睛卻沒有離開窗戶。

公車發出一聲尖銳急促的排氣聲，開始緩緩前進，緩步爬上了高速公路的交流道。

而那最後一名乘客則在公車的走廊上慢慢的走著，大紅色的袍子，輕輕拂動。

少年H還是看著窗外。

公車上了高速公路，開始加速。

那乘客走到了少年H的座位旁，腳步停住。

少年H還是看著窗外。

窗外的景色流過的速度加快，車子已經過了交流道，進入了高速區域。

這乘客開口了，他聲音低沉而威嚴，彷彿喜馬拉雅山上的空谷回音。

那是一個接近神的聲音。

「這算是我們第一次見面吧，來自中國的張天師。」

乘客坐定。

少年H終於轉頭。

「是啊，但我久仰大名已久了。」此刻，少年H眼神平靜，看不出任何驚恐與害怕。

「古印度地位最尊崇的神祇，濕婆。」

濕婆。

黑榜上的紅心A，最強的破壞神。

就在這條沒有任何逃脫機會的國道客運上，與少年H狹路相逢。

新竹，清華大學的宵夜街。

一個辣妹，一個宅男，是讓所有大學生妒恨的組合。

「籤運真差啊，H。」那宅男當然是土地公，他猛嘆了一口氣。

「咦？你是說……少年H碰到了……濕婆？」辣妹九尾狐張目結舌，表情裡盡是擔心。

「那他會死嗎？」

土地公沒有立刻回答這問題。

他沉吟了半晌，卻回答了一個令人費解的答案。

「造化。」

「造化？」九尾狐歪著頭，秀眉微蹙。

「是啊，要看H這傢伙的造化了。」土地公淡淡一笑。「如果他造化夠，是有那麼大概千萬分之一的機會，會活下去的。」

第五章《狂戰士》

關於黑榜上黑桃K這個位子，曾經是許多人間地獄霸王們，共同追求的地位。

因為黑榜這兩個字，所象徵的不只是地獄政府的懸賞與追殺，它更代表著妖怪與戰士們對地獄的影響力。

排行越高，影響越大。

而這樣的妖怪，肯定也越強。

而項羽在人間被稱做西楚霸王，生前率數十萬軍，覆秦朝，敗漢軍，單騎殺入咸陽，火燒阿房宮，一身蠻橫血腥，要登上黑榜絕對夠格。

但，若真要說是否足以當上黑榜上至尊的「黑桃K」，卻還有待商議。

直到，他做了一件事。

他去找了前一代的黑桃K。

那個人，也在人間地獄中赫赫有名，更算是項羽的舊識。

這人，替中國打造了「書同文，車同軌」的千秋功業，卻又焚書坑儒，殺人如麻，造就萬惡暴君的惡名，最後懷著永遠長生不死的大夢，卻客死異鄉的中國第一位帝王。

秦始皇。

他擔任前任黑桃K，絕對是當之無愧。

項羽就一個人，帶著一把刀，孤身赴會秦始皇。

當時，秦始皇藏身在地獄第六層的「黑色阿房宮」中，統御上萬黑暗兵將。氣勢之強，兵容之盛，連地獄政府都不敢輕易討伐。

「我來戰你。」項羽握著刀，大無畏的站在黑暗宮殿中。「戰，是我的修煉。」

「你是項羽吧？」秦始皇坐在上千階之上的龍椅上，睥睨著提刀而來的男子項羽。「我認得你。」

「嗯。」

「就是你，燒了我生前的宮殿阿房宮。」秦始皇摸著自己的長鬍，一身豪邁霸氣。

「不只。」

「不只？」秦皇皺眉。

「從今天開始，我也要燒掉這座黑色阿房宮。」

「哈，哈哈哈哈，哈哈哈，你以為你是誰？這裡可是地獄？惡者居之的世界，在這裡，我可是很壞的。」秦皇仰頭大笑，笑聲中，黑暗宮殿中湧出紛沓沉重的腳步聲。

這是黑暗將士的步伐，他們一身冷黑，連皮膚都是黑色，手提各式兵器，朝項羽疾衝而來。

「三刀。」項羽慢慢的把刀握緊。

「三刀？」秦皇坐在龍椅上，眼睛瞇起，「你說的是砍倒第一個士兵的刀數嗎？我告訴你，我的士兵叫做兵馬俑，是永遠砍不死的。」

「不。」項羽把刀朝前，刀鋒直指高高在上的秦皇。「這三刀，是摘下你頭顱的刀數。」

「狂妄！」秦皇一拍龍椅把手，怒目而叱。「兵士們！給我把他搗成肉醬。」

「哼，這是第一刀。」項羽低吟，手上的刀揮了出去，空氣中出現一筆「一」的橫掃刀氣。

刀氣所經之處，士兵的身軀、頭顱、手腳粉碎，刀氣不斷蔓延，數千名士兵應聲倒下。

威力之強，範圍之廣，實在駭人。

一個男人尾隨著刀氣，穿過重重的士兵，已經踏上千階的階梯。

項羽，已經來了。

「好猛的一刀，一個橫掃，就毀去我黑暗宮殿上千士兵。」秦皇手肘靠在龍椅上，好整以暇的看著奔上來的項羽。「這叫做可視靈波對吧？」

項羽不答，在階梯上一個縱躍，躍上了秦皇龍椅前方的高空。

在空中，第二刀砍下。

直劈。

比起橫掃大規模的攻擊，直劈的攻擊更專注，更單一，目標只有龍椅上的高傲帝王，秦皇。

「我說，可視靈波又怎麼樣？」秦皇依然悠閒，「我可是一個被千萬儒生痛恨的壞人皇帝呢。」

說完，直劈刀氣已經到了。

錚。

安然無恙，刀下的秦皇，竟然安然無恙！

原因是，他全身透出古怪的金色，宛如一隻千錘百鍊的金屬人。

「我生前熔煉天下金屬，打造十二座銅人，加上亂食含汞毒物，死後練就一身銅筋鐵骨。」秦皇狂笑間，右拳猛揮，砰的一聲擊中了項羽的肚子。「你的第二刀，可笑。」

血狂噴。

但項羽沒有退，夠狂夠霸的他，壓根就不知道退為何物。

「你也很強。」項羽感到腹中傳來如火山爆發的疼痛，他意識到，秦皇這拳，不只是拳頭而已。

裡面也有可視靈波。

狂亂的力量在他腹中亂竄，再這樣下去，他五臟六腑肯定爆亂。

「是啊，你的刀傷不了我，而你的肉體更擋不了我的拳頭。」秦皇摸著長鬚，笑著。

「這場仗，可笑，你來挑戰我，更可笑。」

「可笑嗎？那你得看看我的……」項羽怒吼。「第．三．刀。」

這一秒鐘，全身上下出千萬金屬錘鍊而成的秦皇，睜大了眼睛。

眼睛，睜得好大好大……

因為這一刀不僅是強而已，而是這一刀，秦皇不懂。

他看不懂這一刀。

而看不懂的代價只有一個，那就是，死亡。

徹底的敗北與徹底的死亡。

那晚，項羽拿下了秦皇的頭，燒了連地獄政府都視為禁忌的黑色阿房宮。

更讓他從此成為新一代的黑桃老K。

項羽與秦皇一戰更成為眾人津津樂道的話題，只是這話題總是結束在一個關鍵的節骨眼上……

「那第三刀，究竟是怎麼回事？」

而秦皇到死，驚恐的雙眼中，究竟看到了什麼？

從那天起，項羽繼續他的挑戰之路，他擊敗了不少地獄中成名的英雄、高手，以及怪物。

亞歷山大，一刀。

第十層地獄的千歲火龍，兩刀。

斯巴達的三百壯士，一刀。

惡名昭彰的吸血鬼E族，一刀。

織田信長，兩刀。

愛拖稿的D姓作者，半刀，徹底解決。

他在地獄經歷了數不清的輝煌戰役，也由於他的刀太強，無法控制力量，造成不少刀下冤魂，更造成一股地獄恐慌。

於是，地獄政府開始派出高手追擊他，擅長暗殺的忍者部隊，愛拿槍單挑的牛仔軍團，可以兼顧開車兜風與打架的變形金剛戰隊，他們的表現都令項羽失望，因為他們都被項羽的第一刀給完全吞噬。

不過，項羽沒料到的是，在經過數百場屠殺地獄政府軍團的混戰後。

有一個人，終於被引出來了。

一個不應該出手的人，竟然出手了。

那場對決，讓項羽的無敵第三刀，失效了。

這人，甚至取走了他部分的記憶，陷入昏迷。

等到項羽醒來，他已經在陽明山的月光下，這個叫做地獄遊戲的神祕國度裡了。

之後，項羽喪失了記憶，卻不改嗜戰本性，再度在地獄遊戲中，寫下他殘暴的斐尼斯傳說。

直到，他遇到了令他倍感熟悉的法咖啡，以及地獄遊戲中的另外一個傳說，夜王阿努比斯。

項羽的記憶，開始慢慢的復甦了。

雖然他始終想不起，究竟是誰接下了第三刀，還把他一口氣打入了地獄遊戲之中。

那個人，究竟是誰？

地獄遊戲，台北陽明山下。

「說來真糗。」項羽摸著刀，自言自語，「喪失記憶的我，竟然差點被劉邦這雜碎給引誘，還差點自殺……不，也許我該慶幸，我找這雜碎，也找幾百年了，今天終於被我給找到了。」

項羽雖然輕鬆地自言自語，事實上，他的第一刀已經在談笑間，揮出去。

攻擊面積最大的「橫掃」，已經如同一個狂暴的颱風，掃向面前的阿努比斯。

一路上，所有的物體都被切成兩半，石頭、樹木、山丘，所有橫在這刀面前的物體，全部斷成兩截。

而阿努比斯只是屏氣凝神，看著這一刀。

「這刀除了可視靈波，本身就是無懈可擊。」阿努比斯帶著挑戰者的微笑。「我能理解為什麼地獄中這麼多高手，會栽在這一刀之下了，因為這刀不僅強，還無處可躲啊。」

範圍太大，無處可躲。

既然無法躲，那就反擊吧。

阿努比斯把槍管朝上，手掌用力拍了一下槍身，保險栓順勢打開，然後槍口轉向前。

「子彈，發射。」

槍口輕輕一晃，硝煙衝出，一發拇指大小的銀色子彈，泛著隱隱的綠色靈氣，射向了這「橫掃刀氣」。

子彈才碰到了刀氣，勝負立判。

子彈被切成兩半，而刀氣則繼續前進，地面上，徒留下被切成兩半的子彈屍體。

「可惜，沒用。」項羽看著落在他腳邊的兩半子彈，裡頭流出毫無傷害性的綠色液體，他微笑。「撐住啊，阿努比斯，別被一刀解決了。」

阿努比斯沒有說話，只是專注的看著這發刀氣。

然後他一拍後背，低吼：「給我擋下它，村正。」

背後的刀應聲出鞘，村正出鞘了。

村正如同一條黑線插入了天空，被阿努比斯單手接下，然後雙手一握，以雷霆萬鈞的氣勢，朝著那股刀氣，狠狠地劈了下去。

兩刀正式碰撞，激起火花。

而隨著兩刀越是碰撞，火花越大，阿努比斯整個人更是陷入這一大片火花中。

「老大，它好強啊。」火花中，只聽到村正哀號，「我撐不下去啦。」

崩的一聲，村正竟斷了。

村正的斷刃朝上彈開，而項羽僅存的橫掃刀氣，繼續前進。

刀氣如此強橫，轉眼間已經到了阿努比斯的正前方，已經無處可躲。

忽然，阿努比斯右手前伸，手掌張開，竟一把握住了刀氣。

狂亂的綠色靈波在這裡發動，硬壓殘餘的紅色靈波，雙方此消彼長，更讓阿努比斯的手心爆出驚人鮮血。

終於，直到阿努比斯一咬牙，發出怒吼。

「散。」

綠光陡然暴增，登時擠散了所有的紅光。

這一刀切斷了子彈，震斷了村正，甚至傷了阿努比斯的右手，終於被瓦解了。

瓦解了。

「呼呼……」阿努比斯右手盡是凌亂的刀痕，看著項羽。「果然是可視靈波，這招夠硬。」

「不錯，你熬過了第一刀，至少沒讓我失望。」項羽淡然一笑，由單手握刀改成雙手握刀。「只是第一刀都那麼辛苦，那第二刀，可要小心啦。」

猛招即將降臨，卻見阿努比斯不但沒有驚恐的表情，只是深深吸了一口氣，慢慢的掏出獵槍，換上新的子彈。

見到阿努比斯的態度，項羽的刀舉在半空中，他深深皺眉。

「你不怕？」

「怕？為何要怕？」

「第一刀就差點破盡你的招數，第二刀只會更強，你為何不怕？」

「呵。」

「有什麼好笑？」項羽昂頭，不對勁的感覺湧上心頭。

「我笑的是，項羽，你覺得我和你出招有何不同？」

「嗯？哪裡不同？」

「那我老實和你說吧，」阿努比斯眼睛綻放殺氣。「最大的不同是，當你正準備第二刀，我的反擊卻已經出去了。」

「你的反擊？」項羽一愣，忽然察覺腳邊有異，一低頭，地上不知道何時已經爬滿了綠色藤蔓植物，高度甚至已經超過了腳踝。

而且更可怕的是，植物正攀住項羽的腳，以驚人的高速不斷往上生長。「你的第二刀也許更可怕，但前提是……」阿努比斯端起了槍，左眼閃爍綠光。「你得有辦法揮刀才行。」

「哼，你是什麼時候在我腳邊種下這植物……啊！那發子彈！」項羽一愣，立刻明白了，那發子彈，就是被自己第一刀切斷的子彈。

子彈內隱藏綠色液體，正是濃縮後的靈力，更是這波植物可以靠近自己的真正原因。

原來，阿努比斯的反擊，老早就開始。

項羽還在思考之際，植物的速度卻越來越快，已經爬上了項羽的腰際、胸膛，將這位霸王團團裹住。

「你的靈氣太霸太強，平常植物要靠近你不易，只能靠我的子彈送到你的腳邊。」阿努比斯慢慢的端起手上的獵槍。「更讓你完全疏忽了防備。」

手一拍，獵槍已經上膛。

「好一個聲東擊西的戰術，你果然是一個可敬的對手，可惜只憑這一點植物……」項羽手臂的肌肉用力，青筋鼓起，「我用點力就可以崩斷它啦……」

登的一聲，沒斷。

項羽愕然，再用力，登的一聲，竟然還是沒斷。

植物的莖雖然沒有鋼鐵般堅硬，沒有絲綢般柔軟，卻是來自自然界完美無瑕的生命組合，它展現了驚人的強韌，項羽怎麼崩，就是崩不斷。

而且更讓項羽感到震驚的是，在這植物的捆綁下，他一身傲人的靈力都受到了抑制。

這植物，其實是一種結界嗎，會鎖住他的靈力嗎？

「這植物叫做『無可救藥的豬籠草』。」阿努比斯端著獵槍，以左眼瞄準，瞳孔中更是綠光閃爍。「不只是會限制你的行動，更進一步，會壓抑你的靈力，算是相當難種的植物，是地獄遊戲中農夫的五大禁忌植物之一。」

「哼。」項羽咬牙，不斷鼓動他的靈力，衝擊著環繞他周圍的「無可救藥的豬籠草」。

豬籠草不斷震動，已經有幾條細莖被崩斷。

「我不愛拖泥帶水，你要三刀，那我只用一槍就結束你的生命吧。」阿努比斯微微一笑，手指，已然扣下扳機。

果決的擊發，阿努比斯沒打算給項羽任何反擊的篇幅。

火藥迸開，子彈螺旋射出。

完美的彈道，完美的角度，瞬間，已經來到項羽的眉心。

「這子彈，我融入了來自左眼的『烏加納之眼』的力量。」阿努比斯放下了灼熱的槍身。「古埃及中，這眼睛能看穿邪惡，就讓這股力量，結束你黑桃K的傳說吧。」

子彈，鑽破了項羽的皮膚，「蹭」的一聲，已經碰到了頭蓋骨。

啊？埃及？力量？烏加納之眼？

這一秒鐘，項羽的眼睛大睜，隨著子彈撞擊頭蓋骨時，零點零零零零一秒的震撼力，他想到的卻不是死亡，而是另一個人。

一個很重要，卻偏偏被封鎖在他記憶中的某個人。

那個接下他三刀，還將奪去他記憶，甚至他丟入地獄遊戲的「高手」究竟是誰了？

這人的力量，與烏加納的力量，來自同一個源頭啊！

「吼，是妳！」項羽仰頭狂嘯，「是妳！我想起來了！那個擊敗我的人，是妳！」

「什麼？」阿努比斯皺眉。

「我記起來了！吼！」項羽咆哮。「是妳啊！」

這一刻，陽明山的上空竟然烏雲密佈，雷聲不斷響起。

項羽仰頭，任憑子彈正快速鑽著他的頭蓋骨，發出慘烈無比的一吼。

「是妳！是妳！妳是……」項羽額頭青筋暴出，血泉噴湧。「伊希斯女神啊。」

「啊？」雷聲中，阿努比斯瞪大了眼睛，因為他聽到了這個名字。

這個令他敬畏的女神名字！埃及母神伊希斯！

竟然就是送項羽進入地獄遊戲的元兇，這究竟是怎麼回事？

項羽的回憶中，那場戰役，是項羽經歷了四千九百九十九場勝利後，唯一的一場敗仗。

那是夜色深沉的晚上，項羽提著刀，走進了地獄第二層的一家小飯館。

亡靈縱使不用吃飯，也嚮往人世時品嚐美食，那來自舌尖的感動。

故地獄有飯館，往往座落在城市與鄉間。

這個夜晚，項羽走了漫長的旅途，他走進了這家小飯館，找了一個角落的桌子坐下，他作風低調，倒不是因為他害怕地獄政府的追捕，而是因為他有更重要的目標。

因為他聽說，地獄政府裡面，還有一個隱藏的高手，曾任基督教神系的六魔王之首，以操縱蒼蠅為力量的「蒼蠅王」。

雖然多數人都以為蒼蠅王只是一個善於政治的官僚，但，項羽卻從一本叫做《死海文卷》的書中，發現了蒼蠅王的事蹟。

蒼蠅王曾是撒旦以下，最強的魔王。

他曾經侵略人界，幹下不少驚天動地的大事，這樣的高手，藏在地獄政府中，項羽怎麼可能輕易放過他？

要磨項羽的刀，就是要用更硬的磨刀石。

而蒼蠅王，當之無愧。

這也是項羽低調的主因，他的對手不單是一個蒼蠅王而已，可能會是一整個地獄政府，就算裡面沒有神魔等級的高手，礙手的人一多起來，打起架來也不夠過癮。

項羽飲著茶，望著窗外的月亮沉思。

他是要如何混入政府之中呢？

想著想著，細細的雨絲遮住了月亮，開始下起了陣雨，地獄第二層的氣候與人間相似，除了沒有真正的陽光外，風雨白晝無一不缺。

雨落了一會還不停，就在這時候，一名少女匆匆的跑了進來。

她全身都被淋濕，一頭及肩長髮柔軟的依附在臉旁，手裡拿著書，狼狽的跑進了這小小的飯館內。

項羽正喝著茶，此刻，卻感覺到身旁的昆吾刀，微微的震動一下。

「夥伴，怎麼了？」項羽皺眉，握住了刀身，這刀又恢復了平靜。

項羽抬起頭，在這小小的茶館中，難道來了什麼人嗎？可是，這裡除了幾隻躲雨的亡靈，打盹的飯店小二，還有那個全身濕答答的女孩外，沒有半點異狀。

項羽正遲疑間，忽然，他看到了這些亡靈地上的影子。

蠕動，這些影子正在蠕動？

影子哪會蠕動？這不是影子，這是妖氣啊。

「好啊，」項羽一拍桌面，昆吾刀彈跳起來，被右手一把接住。「原來這裡是一家黑店啊。」

「黑店，你這樣稱呼我們，我們會害羞的。」這時，現場所有亡靈同時露出了真面目，竟是七隻動物，為首的是一頭毛色皆白的猿精，其次分別為豬精、狗精、羊精、水牛精、白蛇精與蜈蚣精。

「梅山七怪啊。」項羽仍坐在椅子上，對這七隻精怪冷笑。「我以為你們還有一點名列封神榜上妖怪的尊嚴，怎麼會當地獄政府的走狗呢？」

「走狗？」為首的白猿，搔著頭頂白毛，「你好像搞錯了啊，黑桃K，你脖子上那顆頭，現在可不只是地獄政府想要而已。」

「哦？」

「你不分青紅皂白，不分長幼尊卑，到處挑戰，還幹掉不少成名的妖怪與亡靈。」另一隻豬精不懷好意的笑著。「不只是地獄政府高額懸賞你，連整個黑榜都希望除掉你，只要幹掉你，就能坐上十六強的位子。」

「所以，你們就在這裡捕殺我？」項羽依然蹺腳坐著，意態悠閒。

「當然。」白猿精尖啼了一聲，「動手啦，兄弟們。」

「你們能撐過幾刀呢？」項羽冷笑，刀隨手一揮，第一刀「橫掃」，已然出招。

只見飯館內所有的東西，都在這一剎那分離成了兩塊，刀氣太強，而且以圓形方向往外擴散。

梅山七怪尖叫聲中，項羽卻隱隱察覺事情不對。

因為刀氣竟然沒砍中半隻妖怪，這七隻妖怪像是不存在般，任憑刀氣穿過他們的身體。

「這是？」項羽微微皺眉，冷笑了兩聲，「原來是這樣，這是幻術？」

「沒錯，不愧是西楚霸王啊，一眼就看穿了。」眾妖怪獰笑。「這的確是幻術，我們七隻妖怪組成的『梅山七怪結界』，當年我們就是靠著這結界，坑殺了不少姜子牙的猛將呢，要不是楊戩的第三隻眼，也破不了我們的幻術。」

「嗯。」項羽握著刀，沉吟著，他的戰鬥方式向來直來直往，始終認為幻術是一種騙人的把戲，他打從心底瞧不起。

也因為如此，他的確沒有破解的方法。

「霸王啊，你只有一把爛刀，更沒有第三隻眼睛，能破我們的梅山結界嗎？」白蛇精吐著舌頭，發出嘶嘶的聲音。

「嗯。」項羽他還在想，幻術是一種在腦海中創造出來的世界。

所以，難不成這旅店，窗外這滂沱大雨，都是假的嗎？

那，什麼是真的呢？

項羽不斷沉思著，他想起了黑榜好友「黑傑克」曾說過，「幻術」是一種虛幻畫面的呈現，但沒有任何一個施術者可以厲害到憑空揑造出一個世界。

每個幻術世界，必定有個點，或有個東西是真實的。

透過那個點，才能讓施術者與受術者兩人之間達成聯繫，進而創造出幻術世界。

項羽眼睛慢慢瞇起，換言之，他只要找到那個「東西」，破壞掉那東西，這個幻術世界自然就會崩解。

只是，那東西是什麼？

項羽想到這裡，忽然間，轉眼看了一下坐在遠處那全身淋濕的女孩。

那女孩並不是梅山七怪中的一隻，但她出現在這裡，是不是有點奇怪？是否，她就是那「東西」？

項羽隨即搖頭，按照黑傑克的講法，那東西應該更簡單，更不起眼，更讓人習以為常到忽略，要不然幻術就太容易被擊破了。

而且，幻術不會以人作為媒介，因為人太善變，會影響幻術的穩定性。

想著想著，項羽聽到了眼前羊精的一聲斥喝，空氣中嘶的一聲，一對銳利的羊角破空而至。

項羽側身躲開，但肩膀卻依然劃出一條血痕，血痕極深，鮮血如同噴泉般湧出。

「果然是幻術。」項羽看著左肩的傷口，皺眉。「不然，我應該躲過了才對啊。」

「你破解不了的，霸王啊霸王。」白猿精咯咯的笑著，「你一輩子光明磊落的戰鬥，最後卻敗在幻術的手下，肯定很不甘心吧。」

項羽還在思考，進飯館之後，到底什麼東西可能是那個「媒介」？

「咯咯，你看，霸王已經不甘心到說不出話來了。」旁邊的豬精鼻子抽動，發出不知道是笑，還是怪叫的「拱拱拱拱」聲響。

而就在項羽苦思之際，他身上的傷口又更多了，水牛精的蹄，蜈蚣精的牙，白猿精的爪子，全都往他身上招呼，要不是他一身橫練的霸氣保護著他，他早就變成數十組屍塊了。

但靈氣再強，完全不反擊，也有潰散的一天，所以項羽必須在有限的時間內找出答案。

只是，當項羽正不斷苦思的同時，他忽然察覺到一個纖細的影子籠罩住了他的面前。

他抬頭，訝異發覺，這影子是那個渾身被雨淋濕的女孩。

就當項羽搞不清楚這女孩的目的時，接下來，女孩更說出讓項羽更不知所措的話語。

「嗨。」那女孩的頭髮已經半乾，懷裡抱著一本古老的硬皮書，站在項羽的面前。

「呃，嗨？」項羽感到莫名其妙，他現在明明在危急無比的情況，卻忍不住也回了一聲……嗨。

「你想要知道你的運勢嗎？」

「啊？運勢？」項羽一整個愣住。

「你一看就知道是獅子座。」女孩微微一笑，這抹笑容，在她秀氣的五官上，同時展現出純真與俏皮。「獅子座今日運勢三顆星，恰逢天際星斗轉移，事業方面是山雨欲來，朋友關係有了新的變化，而愛情……則是遇見心儀而神祕的對象。」

「妳，究竟在說什麼？」項羽仰著頭，滿臉狐疑，更讓他疑惑的是，那七隻妖怪的表情。

那梅山七怪面面相覷，表情極為怪異，終於，七怪的領袖白猿開口了。

「霸王啊，你瘋了嗎？因為我們的結界太厲害，你太害怕？還是想不出解法所以抓狂了？」

「嗯？」項羽皺眉，這白猿究竟在說什麼啊？「瘋了？我哪裡瘋了？我和這女孩說話，有錯嗎？」

「你肯定是瘋了！咩咩！」羊精在一旁發出咩咩的聲音。「這裡就你一個人而已，誰在跟你說話啊……？」

這裡就你一個人而已，誰在跟你說話啊？

這一剎那，項羽眼睛睜大，他看著面前這個笑容純真的女孩。

梅山七怪看不到這女孩？

他們自己張的結界，竟然看不到裡面的人？

難道，這裡存在著不只是一個幻術結界嗎？

台北，陽明山下。

這一切回憶，只在子彈撞擊頭蓋骨的零點零零零零零零一秒的時間，下一刻，項羽再度回到了現實世界。

生死交關，把他從回憶中硬是拉了回來。

「第二刀。」項羽閉上眼睛，輕輕的唸著：「出鞘。」

阿努比斯皺眉，感到手心冒汗，因為他有預感，項羽的傳說，不會那麼輕易的結束。

「直劈，一刀兩斷！」項羽仰頭，昆吾刀錚然出鞘。

「你手腳被植物縛住，腦中一發子彈正不斷往內鑽，要如何朝我砍出第二刀？」阿努比斯握緊了手上的獵槍。「我很期待啊，霸王。」

「我的三刀，沒那麼簡單的。」項羽冷笑。

第二刀，的確沒有砍向阿努比斯，因為這一刀……項羽砍向了自己。

只見這一刀比光更快，比雷更凌厲，卻也比電更精巧。

一刀劃過，他身上的豬籠草全部鍘斷，漫天飛舞的莖葉中，那刀氣更綿延到了項羽的腦門。

「連子彈都要破壞？」阿努比斯表情激賞。「好強，好精密的一刀。」

刀氣錚然，宛如一條紅亮的線，垂直的升上了腦門。

以子彈距離大腦只有不到一毫微米的距離，這刀若是切得淺了，無法阻止子彈貫入項羽腦中。

若切得深了，那不用等阿努比斯的子彈了，項羽就會被自己的刀子，將腦給切成兩塊豆腐渣。

刀氣的紅線，瞬間爬過了額頭。

這一秒，現場所有人的呼吸都情不自禁，停住了。

然後，項羽慢慢的把頭低下，一身豬籠草碎片都隨之落下。

接著他眼睛慢慢瞇起，綻放森寒冷光，伸出右手，在額頭輕輕一拔。

子彈被捏起。

落下。

碎成了兩半。

「好傢伙。」阿努比斯笑，背脊爬過一絲冷寒，這是身為霸者的阿努比斯，極少感受到的寒意。

就像是叢林中的王者老虎，在草原遇見霸主獅子時，兩者對彼此力量感到震驚與興奮一樣。

項羽沒有說話，只是低著頭，摸著手上的刀。

現場的氣氛，卻隨著項羽的沉默，變得宛如鉛塊沉重凝滯。

「第三刀。」項羽抬起頭，慢慢的笑了，「我以為……這一百年，我不會再用到第三刀了。」

「那可真是榮幸啊。」阿努比斯深呼吸，這是第一次，他感到自己肌膚上泛起雞皮疙瘩。

這一刀，肯定很強吧。

肯定非常，非常，非常，的強吧。

「我在地獄中，和黑榜上的黑桃J成了好友，他曾經這樣形容過我的這三刀。」項羽閉上了眼睛。「第一刀是橫掃，其實是『圓』的概念，就像是一個『0』。第二刀是直劈，像是『1』，黑傑克還說，如果按照科學計算，1與0其實就可以表達這世界所有的事物。」

「嗯。」阿努比斯身體也漸漸泛起了綠光。「1和0可以形容萬物，這很像我們所說電腦計算的概念，不錯嘛，這個黑傑克。」

黑傑克之名，在地獄黑榜上流傳已久，以不遜於華佗的醫術，和深藏不露的實力，在妖怪界中被低調的傳誦著。

如今，更證明了黑傑克除了醫術與武術，還有高明的見識。

「而我的第三刀，根據黑傑克的說法。」項羽表情淡淡的，說不上來是笑，還是悲傷。

「是破了1與0的世界規則，進入了另一個領域。」

「是嗎?這世界除了代表有的『1』還有代表著無的『0』，還能存在第三個數字?呵呵，還是那句老話，我很期待啊。」阿努比斯也笑了，他知道自己不能再保留實力。

三大聖器中的「烏加納之眼」與「安卡」，都要啟動了。

雖然三大聖器中缺了「聖甲蟲」，無法組成最完整的「聖・金字塔」。

但情勢已經至此，也沒有什麼好選擇了。

「來吧。」阿努比斯將身體的力量催到極限，身體也隨之泛起幽幽綠光。

綠色，正是阿努比斯可視靈波的顏色。

兩大可視靈波的對決，在這個被人遺忘的地獄遊戲中，要以分出生死的方式，進行驚人的對決。

項羽的刀一拔而出，這一秒鐘，空氣中從微微的震動，變成了瞬間停住。

猛招，終於出來了。

嚴陣以待的阿努比斯，也在同時，將綠色的可視靈波全力釋放，每個毛細孔都張開，所有力量都集中到了獵槍之上。

而同一時間，原本躺在約翰走路懷中，昏迷的法咖啡，身體扭動了兩下，眼睛陡然睜開。

「不行。」法咖啡開口的第一句話，令人費解。

「妳醒了……還有……什麼不行？」約翰走路詫異的問。

「不行，不能接這刀。」

「啊？」

「這刀太匪夷所思，不能接，阿努比斯接不下來的！」法咖啡尖叫。「阻止他！」

說完，法咖啡辛苦的撐起身子，朝著阿努比斯與項羽對決的地點，搖晃的奔跑過去。

而約翰走路先是一愣，而後才握著手上的「蛋」，急忙追上。

只是在追的同時，他腦海卻浮現兩個問題。

第一個，法咖啡為什麼會知道「這刀太匪夷所思」？

第二個，法咖啡為什麼不稱老大為「夜王」？反而稱他為……阿努比斯？

眼前，法咖啡急奔的背影，加上項羽的揮刀姿態，以及阿努比斯單手開槍姿勢……

這一幕畫面，就這樣如同時間暫停般，烙印到了約翰走路的眼中。

因為下一秒所發生的變化，讓約翰走路今生今世，永遠永遠無法忘記。

第六章《全軍覆沒》

地獄遊戲，新竹。

一條長長的白色軌道上，一台時速超過一百五十公里的子彈型列車，正疾駛而過。

它，堪稱台灣陸地上最快的交通工具，人稱「高鐵」。

如今，這條高鐵內部，正因為兩個老朋友的相聚，而發生驚人的震動。

羅賓漢J手一晃，一枝銳利冷箭，以偷襲之姿，朝著吸血鬼女的腦門直射而來。

等到吸血鬼女看到這枝箭時，箭頭已經來到了她眉心。

太快，也太狠了吧。

只見吸血鬼女一咬牙，將頭往後一仰，身體同時後彈，撞入了車廂的牆壁之中。

這箭如此毒辣威猛，難道吸血鬼女長達三百年的傲人歲月，就要這樣結束了嗎？

「吸血鬼女，」羅賓漢J放下了弓箭，眼睛眯起，「別裝了，這箭就算再快十倍，也殺不了妳的。」

「隊長。」吸血鬼女優雅的從被撞凹的牆壁中，緩緩走出，那枝冷箭，則被她的吸血鬼利牙緊緊咬住。「告訴我，你怎麼了?」

「我只是，有了新的人生方向。」羅賓漢J溫柔一笑，細長的指頭捏住了箭，再度搭上了弓。

「是嗎？」吸血鬼女苦笑。「人生新方向？那是什麼屁東西？」

「自從我遇到了華佗之後。」羅賓漢的手指鬆了，箭錚然離弓，化作一條完美無瑕的筆直黑線，射向吸血鬼女。「我發現我能做的事情，變多了。」

「華佗……那個評價兩極的醫學局局長嗎？」吸血鬼女看著那枝箭，卻絲毫沒有閃避的意思。「隊長，你確定要攻擊我？」

箭還在往前飛射，轉眼已經逼近了吸血鬼女的面門。

「有什麼不妥嗎？」

「別忘了，當年的曼哈頓獵鬼小組，我們的號碼順序和戰鬥力強弱，一點關係都沒有喔。」吸血鬼女頭一側，金髮甩開。「就算你是一號，並不代表最強喔。」

這一甩金髮的動作，竟纏住了這枝猛箭。

然後羽箭被金髮一甩而開，同時間，吸血鬼女的身影，已經消失在她原本的位置。

「嘖。」羅賓漢J眉頭深皺，一抬頭，他已經見到了吸血鬼女頭下腳上，踏著天花板，狂奔而來。

「不過，人會進步喔。」羅賓漢一笑，瀟灑的小鬍子揚起，說完，他再度拉弓。

但這次的拉弓動作，卻有些不同。

因為，弓是來自他的手臂，手臂的骨骼往橫向延伸，變成如同弓弩的形狀。

「華佗將我的身體進行了大規模的改造，我身體的骨頭就是弓。」羅賓漢J笑著說，「妳想知道，箭從哪裡來嗎？」

「嘿，我一點也不想知道。」吸血鬼女搖頭，就在此刻，她已經奔跑到了羅賓漢的頭頂。

雙腿一蹬天花板，往下俯衝，她要發動反擊了。

對吸血鬼女來說，公歸公，私歸私，就算羅賓漢J是她最尊敬喜愛的隊長，她也不會坐以待斃。

「那就抱歉了，因為妳馬上就會知道了。」說完，羅賓漢的手臂往上一抬，弓弩對準了吸血鬼女。

忽然，吸血鬼女看見空氣中，有某個東西跳動了一下。

血珠？

吸血鬼女忽然產生一種戰慄的感覺，來自於無數戰鬥累積下來的直覺，讓吸血鬼女張開了翅膀，在空中硬生生轉了半圈。

剎那，血珠在千鈞一髮擦過她的耳際，貫上了天花板。

「妳不是很有自信嗎？怎麼不接住它？」羅賓漢J嘴角揚起。

吸血鬼女沒有回話，只是昂起頭，看著高鐵天花板上，那滴血珠。

血珠，竟開始長大。

越長越大，短短的數秒內，變成了一顆又一顆顫抖的紅色大肉球。

最後砰的一聲炸開。

爆炸威力強大，竟把高鐵的天花板，硬生生炸出一個大洞。

「這是什麼？」吸血鬼女把眼神移回羅賓漢J，這次她的眼神不再溫柔，反而冷冽如冰。

「地獄醫學局研發的生物兵器之一。」羅賓漢J說，「裡面有一種叫做地獄蠕蟲的生物，當牠一碰到血，就會開始瘋狂增殖，一秒內可以增殖千萬隻，最後會因為增殖過頭而引起爆炸。」

「你用那個……蠕蟲射我？」吸血鬼女慢慢的站起身，表情是絕望與憤怒。「所以，你是真的想殺我？」

「要對付生命力強橫的吸血鬼，一定要用上生物兵器才行。」羅賓漢J微笑。「不是嗎？」

「呵，是啊。」吸血鬼女的臉色，在這一瞬間沉了下來，沉得無比冷酷。

這表示，她是真的動了殺機。

「而且，對付吸血鬼，華佗還給我另外兩種……」

「住口！」吸血鬼女低吼，身體已然動了。

她是真的憤怒了。

因為她心中，那個雖然不善戰鬥，卻充滿領導特質，溫柔且勇敢的隊長，如今已經不見了。

在她眼前的，只是一個被華佗用可怕的手段給改造而成的生化怪物。

她很想念羅賓漢J，她很想念當年曼哈頓獵鬼小組的時光。

所以，她憤怒。

所以，她悲傷。

所以，她絕對不會手下留情。

吸血鬼女全力衝刺，急奔中雙爪錚錚亮出，朝羅賓漢J急速衝刺。

但是，血珠又來了。

十餘顆肉眼難辨的紅色血珠，擋住了吸血鬼女的路。

不能碰，這是會繁殖的生物，所以不能碰。

吸血鬼女一咬牙，到了此刻，擁有獵鬼小組有史以來最曼妙身手的她，終於展現了實力。

她身軀柔軟，在飛舞的血珠中閃躲跳躍，一會跳到高鐵牆壁之上，一會凌空飛行，速度卻絲毫未減。

直到，她尖銳的爪子，已經來到了羅賓漢J的脖子處。

羅賓漢頭一低，驚險避開吸血鬼女的爪子。

「想閃，有那麼容易嗎？」吸血鬼女冷笑，爪子往下，握住了羅賓漢右手骨骼作成的弓箭。

然後用力一扯。

整把弓箭，連同羅賓漢的手一起扯了下來。

「啊！」羅賓漢吃痛，動作停頓，而吸血鬼女的利牙，已經從天而降，對著他的腦門而來。

只是，就在吸血鬼女的牙齒要穿透羅賓漢脖子的同時。

一道不祥的銀色閃光，震住了吸血鬼女的動作。

「這是……銀？」吸血鬼女眼神冷冽。

「這是一種純銀的皮膚，」羅賓漢J冷笑。「主要是透過醫學局的植皮技術，將銀狐等妖怪的皮膚，植入我的表皮，吸血鬼怕銀，對吧？」

「笑話。」

「什麼？」

「吸血鬼怕銀，不知道是幾百年前的事情了！曾經有一個傻瓜吸血鬼科學家，解開了這個魔咒。」吸血鬼女笑了，同時張大了嘴，以更猛烈的方式往下咬去。「這傻瓜，就是被吸血鬼E族殺死的……我爸爸啊！」

這秒鐘，羅賓漢J感到脖子劇痛，銀沒擋住吸血鬼女的牙，一口氣穿了進去。

但奇怪的是，羅賓漢沒死。

而且不但沒死，他還在笑。

反倒是吸血鬼女，她美麗的臉龐瞬間驟白。

「你……銀皮膚的下面，還藏著什麼？」

「這是華佗最珍貴，最珍貴的妖怪收藏品。」羅賓漢J慢慢的說著，「來自中國，最古老的妖怪品種，居住在扶桑樹上，每日由王母駕著馬車由東方繞到西方，象徵著一日的起落。」

吸血鬼女的臉，越來越白，甚至到了微微發綠。

羅賓漢銀皮膚下方的「那個東西」，顯然正對吸血鬼女造成非常驚人的傷害。

「這妖怪太珍貴了，所以也只能從牠的身體裡面，提煉那麼一點點，放在我的頸部位置，就是要等妳來咬啊。」羅賓漢微笑，把臉湊近已經面如槁灰的吸血鬼女。「妳知道那隻妖怪叫什麼名字嗎？」

「……」吸血鬼女的呼吸越來越急，也越來越淺。

「牠叫做金烏。」羅賓漢笑，「那可是被后羿射下來的太陽，懂嗎？牠的身體，就是陽光啊。」

陽光。

這秒鐘，吸血鬼女渾身顫抖，往後倒去。

她的眼眶有著濕潤的水光。

不是因為害怕，更不是因為失敗的挫折，而是滿滿的悲傷與懷念。

那個曾經讓她十足信任，帶領他們創造獵鬼小組傳說的男人，究竟到哪裡去了？

吸血鬼女倒下。

身體，開始逐漸透明，化成裊裊的白色粒子，往上升去。

這是吸血鬼碰到天生剋星「陽光」後的下場。

灰飛煙滅。

四條路線中的高鐵，吸血鬼女，敗了。

地獄遊戲，新竹北郊。

如同螞蟻雄兵般的殭屍軍團，正在一大片濱海的荒地上前進，他們人數雖眾，目標卻只有一個。

一個騎著哈雷的剽悍男子，狼人T。

「衝啊！」狼人T發出威震大地的狼吼，同時間右手用力催下油門，這台機車中的戰神，哈雷，登時衝了出去。

雙方交會。

只見哈雷宛如衝入綿羊群的餓狼，瞬間衝散了第一批蜂擁而來的殭屍群。機車過後的，是往外彈散的殘肢斷手混著血肉，構成一幅血的畫面。

狼人T在高速中，不斷揮舞著自己最自傲的狼爪，每一揮擊，都讓一隻殭屍變成了兩半。

「不過就是人數多了點嘛！吼！」狼人T一邊大笑，一邊揮動爪子，把眼前這些殭屍像是切菜瓜一樣，一個一個切倒。「憑這樣要阻擋我這荒野之狼？我可是地獄系列裡面，最帥氣，最英俊，最……」

但，狼人T的話才說到一半。

他就發現眼前的殭屍群發生變化。

殭屍們退開了。

宛如潮水般，往兩邊自動退開。

「最討厭的狀況又來了。」狼人T齜牙咧嘴，「每次場景這樣變化……就是魔王要出來了啊！」

說完，眼前的殭屍群讓出了一條路，路的底端，王者現身。

一名身穿古老甲冑，長髮披肩的年輕人，他騎著一匹殭屍馬，殭屍馬高大英挺，縱然半身腐敗，也不減其英姿。

「吾人，乃殭屍四將軍之……」那殭屍空洞的眼窩，陡然冒出紅色光芒。「趙將軍，李牧。」

「李牧？我還李白目勒……」狼人T嗤之以鼻，長年待在倫敦暗巷的牠，怎麼會知道在中國歷史上最混亂，最善戰的年代裡，曾經出現四名最強的將軍。

他們被稱作戰國四大名將，四個在亂世中以軍法、戰術、武藝，流傳千百年的怪物。

李牧，就是其中之一。

這位曾經防守趙國邊疆，打到匈奴超過二十年不敢跨過邊境，又率領趙軍，連敗最後強國「大秦」的將軍，差點就將大秦統一天下的美夢，葬送在他的刀下。

他正是趙將軍，李牧。

「妖獸，受死。」李牧單手握長柄大刀，一振馬鞭，殭屍馬一躍而起，奔向狼人T。

「來啊！」狼人T右手一轉油門，輪胎在地上激起沖天煙塵，也朝著李牧方向疾駛而去。

兩人一馬一車，瞬間交錯。

狼人T的爪子也和李牧的長柄大刀碰觸，擦出一大片火花。

「好傢伙。」

哈雷輪胎煞住，然後急轉車頭，這一刻，狼人T忍不住露出了笑容。

因為他的肩膀背部，隨即迸出一長條刀痕，這刀若是再深幾分，就算是骨子奇硬的狼人

T，也會重傷退場。

「妖獸，不凡。」而另一頭，李牧的胸口，也出現三道狼人T的爪痕。

鮮血淋淋的三道爪痕。

就算是殭屍，也可以感覺到狼人T下爪的力道之重。

同個位置再中一次，非死不可。

兩將各自掛傷，所以第一場算是平分秋色。

「你說什麼?你叫做李牧是吧，這刀和我戰成平手，我喜歡，再來！」狼人T大笑，再度催動哈雷，朝李牧狂衝而去。

一馬一車，轉眼就要交會，只是這次，李牧卻在最後時刻將馬轠猛力往上一拉。

殭屍馬縱身一躍，竟飛過了狼人T的頭頂。

而殭屍馬一落地，李牧立刻調轉馬頭，這下子，狼人T從正面與李牧對決，變成了背對李牧。

情勢，也瞬間急轉直下。

「糟糕。」多次在荒野與戰場上求生的狼人T，怎麼可能沒有意識到「背對敵人」的危險，他試圖調轉車頭，可是還沒來得及動作，後腦就是一陣涼風襲來。

涼風很舒服。

但這可是多吹一下，就會讓頭掉下來的涼風。

狼人T被迫停住轉車頭的動作，頭一矮，避開了這風，以及涼風後面的李牧大刀。

「這傢伙好厲害，第一次正面交鋒平手，第二次馬上就修正戰術，變成我在前他在後，慘了慘了。」狼人T低著頭，不斷催動油門。「這傢伙肯定很會帶兵打仗，反應與戰術都好快，跟吸血鬼女那臭女孩沒兩樣。」

他現在唯一的機會，是狠狠甩開背後的李牧，這樣他才有足夠的時間轉過車頭。

「兵法曰：追擊者易勝。」李牧單手握韁，不斷催促殭屍戰馬往前。

高速中，再度對狼人T發揮第二刀攻擊。

只見新竹濱海的這片荒地上，除了點點上萬的殭屍外，多了兩個快速移動的黑點。

居前者，當然是狼狽前奔的狼人T，而居後者，則是緊抓勝機不放的趙將軍李牧。

此刻，狼人T已經將這台哈雷的油門壓到了極限。

時速，也登上了兩百公里大關。

可是，背後的涼風卻還是陣陣襲來，隨著涼風不斷，狼人T背後的傷口也越來越多。

就算狼人T的骨骼強硬，再這樣被砍下去，遲早會因為失血過多而體力不濟。

「兵法曰，先耗敵，然後一擊必殺。」李牧伏著身子，減低戰馬衝刺時造成的風阻，同時間不斷以大刀逼迫狼人T，讓他無法順利調轉車頭。

消耗，加上一擊必殺。

這正是李牧當年對付匈奴的戰術，長達三年的佈局，驚人的耐性，直到兵強馬壯的匈奴們再也按捺不住，蠻衝入長城之內，最後被李牧佈下的陷阱一網打盡。

如今，狼人T也正陷入這樣的困境中。

「再這樣下去不行吼！」狼人T低吼，忽然，他雙手同時用力，往下一壓。

雙手同時用力，這代表的是，他啟動的，不只是百分之百的油門，還有，百分之百的……煞車。

摩托車這樣的機械設計，在油門與煞車同時催到極限的瞬間，會發生什麼事？

「給我，站起來吧，哈雷。」狼人T大吼。

這一剎那，摩托車的車頭，整個立了起來。

「妖獸，果然還有能耐。」李牧眼睛一亮，似乎也在期待狼人T能做出怎樣的反擊。

「哈雷！讓我見見你的實力！」只聽到狼人T的吼聲和引擎聲全部混雜在一起。「起飛啦！」

變成一股只有男人才能理解的熱血噪音。

然後，哈雷車頭高高昂起，接著飛了起來。

接著，車體連同狼人T一起，在天空飛騰轉了一大圈。

這一大圈的動作若是完成，狼人T則會反過來變成李牧的正後方，這表示，整個局勢將會再度扭轉。

獵人與獵物的角色，將會再度逆轉。

李牧，這個名揚戰國時代允文允武的猛將，怎麼可能容許這樣的情況發生？

只見他仰起頭，等著狼人飛到最高點，頭下腳上時刻，手上大刀往上一頂。

他要在空中把狼人T的大迴轉給破壞掉！

「早就等你這樣做啦！」狼人T得意的大笑，笑聲中，他的爪子亮出，緊緊架住了這把大刀。

兩人一上一下，頓成僵局。

當兩人的勢力均等，決定勝負的，往往是第二個條件。

哈雷。

哈雷這台機車界的古老戰神，在這時候引擎聲猛一咆哮，加重了狼人T雙爪的重量，硬是將李牧的大刀給壓了下去。

「好車。」李牧讚，雙手收刀，而狼人T終於完成大迴轉，來到了李牧的背後。

「是啊，這是好車，接下來，你可要小心啦！」狼人T用力轉動離合器，哈雷震耳欲聾的低音引擎，用力一催。

狼人T的眼睛，甚至已經瞄準了李牧背後心臟的位置，要一口氣貫穿它。

只是，沒想到，李牧卻在這時候笑了。

那英俊但死白的殭屍臉，這時候竟然笑了。

「兵法之，伏兵起。」

伏兵？

狼人T錯愕之際，隨即就懂了。

站到敵人的背後，其實未必百分之百是一件好事。

尤其，當敵軍擁有一匹高大駿馬的時候。

「兵法，馬後砲。」李牧冷笑之際，猛一拉轡繩，這匹殭屍戰馬強壯的後腿，登時抬了起來。

馬腿微彎，正是雷霆萬鈞，蓄勢待發招數來臨之兆。

「糟……糟糕糟糕啦！」狼人T拉住哈雷，拚命想要往後退，但是機車的最大缺點，就是它無法輕鬆的退後，更何況，這是一台分量十足的重型哈雷。

馬腿在這一刻，狠狠的往後蹬了出去。

擊中。

狼人T感覺到身體浮起，而胯下的哈雷，在馬腿的重擊下，鋼鐵焊接處發出尖銳的死亡哀號，接著零件螺絲往四下噴開，整台車開始瓦解。

而就在哈雷瓦解的同時，狼人T感覺到馬後腿的第二下，來了。

更恐怖的是，這一下馬腿，針對的是狼人T自己。

「混蛋！」狼人T只來得及喊出這一句，就感到自己的五臟六腑一震，宛如被一顆重型穿甲彈擊中。

連續兩次重腿轟擊，讓狼人T與哈雷同時往後飛彈，夾著鮮血與碎裂的零件，一起墜落數百公尺遠處。

砰！狼人T與殘破的哈雷一起落地。

同時間，周圍的殭屍便像是飢餓的蒼蠅，嗡的一聲蜂擁而上。

狼人T眼前的視線，瞬間被一堆充滿惡臭的殭屍獠牙所佔滿。

「吼！滾開！」狼人T震怒，開什麼玩笑，他可是荒野之王，怎麼容許這些小殭屍爬到自己身上？

只見狼人T躺在地上雙爪一揮，並伴隨著爪間湧出的靈氣。

瞬間，十餘隻已經撲到他身上的殭屍，被這股力量給衝擊成飛散的殘肢。

「哈雷，真對不起你。」狼人T咬牙，撐住半邊身體，他胯下這台古老而霸氣的哈雷已經分解，唯一剩下的，是狼人T手中那枚螺絲。

狼人T看著手中的螺絲，忽然，一股如同黑暗般的陰影，籠罩住了他。

一抬頭，狼人T發現太陽不見了。

太陽不見了，是因為有一個人從空中撲來，擋住了它。

這個人雙手握刀，身穿半腐的戰甲，胯下騎著雄壯異常的殭屍馬。

而那刀鋒，更直直的朝狼人T而來。

「厲害。」這一秒，狼人T笑，露出尖銳獠牙。「李牧，老子記住你的名字了，中國果然是臥虎藏龍，不愧是H小子的故鄉！」

「妖獸，你能有如此修為，想必也是經過百年以上的修煉，只可惜遇到本將軍，如今，回歸塵土吧。」那把刀，以驚人的速度，朝著狼人T的頸子而來。

「哈雷，」狼人T握住哈雷的最後一根螺絲，苦笑。「老子答應你，一定幫你報仇。」

「吾乃趙將軍，李牧。」那將軍眼神透露殺氣，刀子到了狼人T的頸子。「今，斬除妖獸。」

狼人T只感到脖子一陣冰涼，眼前就一片漆黑了。

這裡，是火車車廂。

火車，這個源自百年前蒸汽火車的鐵路運輸，不僅曾經打造出國際上工業城市的榮景，在台灣，更是許多外出求學的遊子們，共同的回憶。

火車上的擁擠，火車上的喧鬧，火車窗外快速飛過的景物，構成一幅專屬於年輕記憶的圖騰。

如今，這美麗的圖騰中，卻有了另一番景象。

戰場。

這裡是戰場。

貓女握住受傷流血的手臂，在車廂中不斷潛行，而她身後，隨時可能出現的，則是既骯髒又棘手的愚皇帝「劉禪」。

而貓女的背部貼住了火車牆壁，漸漸的，竟像隱形般，慢慢的與牆壁同色，到後來只剩下淺淺的影子。

「自從不幹暗殺之後，很久沒有用這招了呢。」貓女閉上眼睛，呼呼的喘氣聲，也逐漸隱沒消失在牆壁裡。

這招，就是讓貓女成為地獄暗殺女王的絕活，「隱氣」。

會讓身體與呼吸漸漸與周圍環境融為一體，進而達到幾乎隱形的地步，若不是強大如蚩尤，或是擁有特殊能力的高手，是絕對發現不了她的。

而因為一時大意，而少掉一隻手臂的貓女，此刻最需要的，正是隱氣之後的休息。

休息，然後構思下一步暗殺之曲，該怎麼演奏？

這時候，貓女的腦海，卻不禁想起了半天以前，她與少年H在火車站分離時，所談到的事情。

「H，有件事，我一直想不通。」

此刻，在人來人往的剪票口，貓女和少年H兩人，正坐在長椅上交談著。

少年H手插口袋，看著即將到站的火車，而貓女則坐在椅子上，雙手抱住膝蓋，望著少年H。

「什麼事？」

「象神送你回宋朝的時候，當左元帥打出了致命一擊，我究竟是怎麼……擋在你面前的？」

「嗯？妳也不知道？」

「不知道。」貓女搖頭。

「我也是。但我感覺上妳的出現，很突然。」少年H沉吟半晌之後，如此回答。

「出現很突然？」

「妳本來的速度就快，但那時候的妳，卻已經不是快足以形容，而比較像是……」少年H頓了一下，才開口：「瞬間移動。」

「瞬間移動？」貓女睜大了眼睛。「就算在寬闊的地獄之中，『瞬間移動』和『時間倒流』這兩種能力，也都只是傳說而已……許多的瞬間移動，其實只是速度快到極限，事實上仍需要時間，哪怕只要零點零零零零零一秒。」

「沒錯，時間倒流是主宰時間，而瞬間移動則是主宰空間，就算是神，也必須受到時間與空間限制，這是永恆不變的法則。」少年H點頭，「不過，空間控制還是比時間來得容易，所以並不是不可能，貓女，妳想想，在當時妳到底感受到了什麼？」

「嗯……我的記憶很模糊，我只記得，見到你命在旦夕，我又憤怒又悲傷之間，把自己的能力啟動到了極限，然後就像是穿過了一扇門……」

「門？……嗯……」

「你想到了什麼？」貓女注視著少年H，她偷偷地臉紅了，因為她喜歡此刻H眉頭微皺，深思的樣子。「H，你想到了什麼？」

「門……能力啟動到極限……難道，這和妳的『巫術之門』有關嗎？」

「欸？」貓女一愣，對啊，她最強的能力莫過於哆啦A夢之門了，在那麼惶急之下，打出此門也不奇怪。

只是，然後呢？打出門之後呢？

貓女搖了搖頭，黑髮飄動，加上她柔媚又迷惑的表情，登時吸引了不少乘客的目光。

兩人不理周圍的眼光，貓女繼續說：「若是真的和門有關，為什麼我使用了這麼多次巫術之門，卻從未發現自己有這樣的能力？」

「呵，這是好問題。」少年H微微一笑，雙手負在背後，踱著步。「我想問的是，貓女，妳在那個時候，有沒有遇到以前從未經歷過的事情？」

「從未經歷過的事情？」

「當年，我就是因為經歷了師父的離開，加上文祥的生死一瞬間……」少年H那年輕的眉宇中，透著深藏的智慧和英挺的氣質。「讓我體悟到了五行合一後，究竟是什麼？而妳，是不是經歷什麼特別的事情？」

「特別的……」貓女閉上眼睛，拚命搜索記憶中的畫面，那時候，她與呂布陷入苦戰，加上一旁噁心鬼劉禪設下陷阱，差點要了她的命。

那時的她，當真經歷了幾乎是有史以來最慘烈的一場戰役，如果不算古老埃及那一場真正的血戰，當時有賽特、阿努比斯，還有女神……也就是那次，他們找到了死者之書……

「貓女？」少年H微微一笑，「妳還好吧？」

「啊？」貓女從回憶中驚醒。

「怎麼？想到獃住啦。」少年H眼中帶著笑意，看著貓女。

「是啊，有點發呆，不過……」貓女也笑了，「而且，我好像想到了呢。」

「喔？」

「最大的不同，只有一點。」貓女伸出了兩隻手掌，除了左手的小指彎下之外，其他九根指頭都伸得筆直。「關鍵，就是這個。」

「九……」少年H看了一眼貓女手指比出的數字，他是何等聰明的人物，他一笑，立刻道出了答案：「九命？」

「沒錯，會讓我死到最後一命，也只有兩次，第一次我能力尚未成熟，而這一次又遇到相同的情況……」貓女瞇起眼睛，慵懶的笑了。「無論那能力是什麼……似乎到了我的最後一命，才會出現啊。」

『要到最後一命才會出現，那對妳而言，可以說是最危險的狀況了啊。』

少年H和貓女同時沉默了下來。

而他們腦海，同時想到是『這能力，究竟是什麼？要在如此危險的情況，才會誕生？』

這能力，究竟是什麼呢？

沙沙……沙沙……沙沙……

貓女閉著眼睛，蜷伏在黑暗中，此刻的她正隱匿在開往台北的火車上，休養生息。

只是，就在此時，貓女不禁將頭側向一邊。

什麼聲音，她聽到了什麼？

沙沙……沙沙……沙沙……沙沙……沙沙沙沙……

彷彿小小的砂礫在堅硬的柏油路上滾動著，發出密集而輕微的聲音。

火車上，該有這樣的聲音嗎？

沙沙……沙沙沙沙沙……沙沙沙沙沙……

而且，貓女自問，這是她自己的錯覺嗎？為什麼她覺得……聲音越來越近，越來越大聲了？

難道，這聲音正朝著自己而來？

然後，貓女睜開了眼睛，黑暗中她的黑眼珠，瞬間被驚恐給填滿。

因為，眼前的火車車廂，已經不再是她熟識的車廂了。

車廂是綠色的，從天花板到地板，從座椅到窗戶，全部被覆蓋上一層厚厚的綠色。

而且那些綠色，還不斷的蠕動。

「沙沙……沙沙……沙沙沙……」的聲音，就是這些綠色生物的傑作！

「這是……什麼？」貓女露出極度厭惡的表情。「好噁心的蛆，而且還是綠色的？」

「沒錯，這一大片淹沒火車車廂的綠色物體，就是蟲，很可愛吧，那是我的寶貝呢。」

車廂的門，此時，嘎的一聲被推開了。

臃腫痴肥，流著鼻涕的骯髒中年大叔現身。

劉禪。

「貓女啊，跟妳介紹一下，這就是我的鼻涕第五殺……『涕蟲危機』！」劉禪鼻子用力一噴，又是一大坨的綠色蟲子落下。「牠們是鼻涕蟲，靠著牠們無孔不入的搜索能力，妳擁有再高明的隱身技巧都沒用啦。」

貓女看著這一大片一大片不斷朝自己蠕動而來的生物，她，退了一步。

對自己的暗殺能力，對自己的靈巧肌肉，有絕對自信的貓女，此刻竟然因為畏懼而退了一步。

只是畏懼的原因，卻不是因為對手太強。

而是，對手實在太噁心啦。

「劉禪！和你打架！真的很傷害我貓女的形象！可惡啦！」貓女忍受不住，大聲尖叫之餘，腳往下一蹬。

反震力，從地板回傳上來，將貓女一口氣送上了天花板。然後她靈巧的在空中轉了半圈，雙腳已經蹲踩在天花板上。

憤怒的她，終於要展開反擊了。

「冷靜的貓女，終於忍不住了嗎？」劉禪冷笑，順便舔了舔流到嘴邊的鼻涕。

「哼，去死！」貓女的雙腳用力，整個人頓時如同離弦的猛箭。

咻的一聲，衝向劉禪。

「我的懷抱永遠為妳空著啦。」劉禪張開雙手，從鼻子中拉出一條手臂粗細的綠色鼻涕，甩向貓女。「涕長莫及！」

貓女單手的爪子在空中一劃，這條鼻涕被完美切斷。

鼻涕雖黏，但貓女憤怒之中運爪如刀，宛如外科手術般完美的切割技術，還是切開了這條致命之索。

「有點厲害囉，天女散涕！」劉禪處變不驚，換壓另一邊的鼻孔，蹭的一聲，一大片綠色鼻涕，從鼻孔中激射而出，朝貓女直噴而來。

貓女速度依舊不減，只是爪子揮舞的速度陡然加快。

只見噹噹噹噹一陣如鐵珠落地的綿密聲響。

只憑單爪，就隔開如雨珠般的鼻涕。

生氣了，看來貓女這一次，是真的生氣了。

「嘖嘖，」劉禪表情微微慌張，急忙再按鼻孔，鼻涕又噴了出來，在空中組成一道半圓形的防護體。「天涕無縫！」

貓女憤怒的眼神中透著無比堅定，而且這一次單爪不再快速揮舞，化繁為簡，化零為整，將所有的力量，都集中在中指爪子的最前端。

爪尖碰到了防護罩。

曾擋去玩家攻擊的「天涕無縫」，在貓女的爪子下，只支撐了一秒，就啵的一聲，破掉。

鼻涕如泡沫般破碎，而貓女的爪尖，已經到了劉禪的鼻頭。

兩人，距離已經逼到了極限。

而此刻，劉禪能用的招數，也只剩下一招。

「我了解妳，但妳從來不曾用心去了解我，我還有一招哩。」劉禪的眼神在此刻閃過陰冷，「想到這裡，就讓人哀傷，出來吧，假涕真作。」

而下一秒，貓女的爪子，已經狠狠地貫穿了劉禪的胸口。

「很熟悉吧，畫面重演了呢。」劉禪大笑，身體開始融化，變成一大攤綠色的鼻涕。

而就是這鼻涕，再度鎖住了貓女的行動力。

而真正的劉禪，此刻才施施然的從列車門後出現。

他雙手叉腰，搖晃著肥沃的肚子，得意洋洋。

「呼……」貓女手完全被制住，而鼻涕的毒氣沿著手臂不斷上爬，侵蝕著貓女僅存的一隻手。「劉禪啊，現在是真正的你嗎？」

「當然，」劉禪聳肩，「你以為假涕真做，一次可以製造兩個啊?」

「呼……那我就放心了。」貓女微微一笑。

「放心?現在的妳快掛了呢。」劉禪抽了抽鼻子，「雖然妳的命夠多，但最大的缺點，就是會在同一個地方復活，只要掌握妳的這缺點，要殺妳幾次都沒問題，咯咯，對吧？」

「你說我快掛了?我可不這麼認為……」貓女回過頭，看著劉禪，輕輕一笑。

劉禪看著貓女的笑容，慵懶迷人，禁不住嚥下一口口水。

可是，也就在劉禪痴傻的這一瞬，他突然發現，周圍起風了。
仰頭，空中出現一扇被打開的門。
風，正是這扇門的吸力造成。
不用說，正是「巫術之門」。
「貓女，百足之蟲死而不僵，跟妳打架，真是有趣到令我情慾高漲啊哈哈哈。」劉禪狂笑之餘，卻按住了自己的鼻孔，低吼。「鼻涕第六殺……『鼻塞獅吼』！」
所謂的鼻塞獅吼，是利用長年鼻塞患者，鼻子因為不通，而發出類似豬鳴，事實上又比豬鳴強上億萬倍的聲波攻擊。
「拱～～拱～～～」
劉禪使出了鼻塞獅吼，整個車廂內，所有的玻璃同時碎裂，地板凹陷，天花板塌落，而獅吼的目標貓女，更是耳膜與與鼻孔同時噴出鮮血。
「貓女，妳想殺我？看誰比較快啦！」劉禪的鼻塞獅吼迴盪不絕，而貓女的七孔都不斷湧出鮮血。「只要妳死了，這扇巫術之門就破了，對吧？」
「哼。」貓女咬著牙，嘴角和眼角都冒出了鮮血。
「拱！！！」劉禪最後一聲鼻塞獅吼，讓整座火車的玻璃同時碎盡，加上椅子連根拔起，摔向車廂的牆壁。
而眼前的這扇巫術之門，就在最後一刻，停在劉禪的面前。

然後開始淡化。

「可……可惡……」貓女的身體顫抖了兩下，開始往後倒，倒在車廂破敗的地板上，呼吸由深至淺，越來越淺，淺到後來已經聽不到了。

劉禪的雙腳踏過車廂，腳步一落地，滿地的鼻涕蟲就自動退開。

直到劉禪走到了貓女屍體的面前，他笑了。

大大的笑了。

這笑容融合了陰險、得意、狂妄、貪婪，還有不正常的迷戀。

「我的鼻涕最後一殺，一直是留給妳的。」劉禪的手，按在貓女屍體上，然後黏稠的鼻涕開始包圍住貓女。

「鼻涕七殺的最後第七殺，我特別命名為，『涕王棺，只有為妳喔貓女』！」

此聲剛過，這圍繞貓女的大團鼻涕，開始急速硬化，越來越硬，越來越純，到後來已經變成了比鋼鐵還硬的正方形硬殼。

這硬殼，宛如一座綠色半透明的棺材，將貓女封鎖於其中。

而這一招，不就是曾經在少年H的那場戰役中，差點讓貓女喪命的怪招嗎？

當時，劉禪以此招困住了貓女死而復生的屍體，讓呂布戰甲的槍，可以不斷重複殺戮貓女。

而這招如今再度出現，只是被改成了一個更怪的名字。

『只有為妳喔貓女之涕王棺』！

貓女的屍體被困在這怪異的招數中，雖然沒有呂布戰槍，但，情勢的確也絕望到了極致。

只是，貓女會如此輕易認輸嗎？

「哈哈哈，我這第七招涕王棺所用的，都是最上等，最精純，時間最久的寶貝鼻涕，色呈半透明，更讓我能好好的欣賞妳。」劉禪狂笑著，「我的寶貝貓女啊，讓妳成為我永遠的收藏品吧。」

就在劉禪得意狂笑的同時，那半透明的綠色涕王棺中，貓女的屍體開始發生了變化。

斷掉手臂上的肌肉線條，開始拉長，互相捲曲形成完整肌肉，而身軀上那些激戰後大大小小的傷口，也開始癒合。

復活，沒錯，貓女正在復活。

而在這一片絕望的黑暗中，卻有一個極度細微的表情，閃過貓女的嘴角。

那表情極其細微，連奸詐的劉禪都絲毫不以為意，因為他以為那只是屍體復活時，肌肉重新運作產生的自然現象。

那表情，是笑。

黑暗中，貓女的這抹隱約笑意，究竟是屍體復活的自然現象，抑或……這地獄中首席的暗殺女王，五千年歷史的魔法貓神，還藏了什麼最後絕招呢？

地獄遊戲，新竹通往台北的客運上。

在客運的後半段位子上，坐了兩個人。

兩個看似交談愉快的忘年之友，實則暗藏絕命殺機。

他們倆，一個是濕婆，一個則是少年H。

「濕婆大神啊。」少年H坐在窗邊，手肘靠在窗沿，注視著濕婆。「當真是久仰大名。」

「張天師，或者，我該稱你為少年H。」濕婆看著少年H，語氣莊嚴穩重。「你好。」

「我想，這應該不是我們第一次見面吧？」少年H一笑。「若我沒記錯的話，在列車上……」

「是的。」濕婆點頭，嘴角一個不易察覺的揚起，「地獄列車中，我們就曾見過一次。」

「呵，我就知道，當時那個愛下棋陰陽師附近，我就覺得不對勁，只是我沒想過，會是您老親自在車上。」

「我想，若不是我。」濕婆淡淡的說，「以你當時的實力，要破陰陽師的結界，應該不是難事。」

「好說。」少年H淡然一笑，兩人的交談，彷彿是熟識多年的老友正在品茶閒聊，氣氛完全察覺不出一絲殺氣。

「不過，張天師，我第一次聽到你的名字，卻不是在地獄列車上。」

「哦？」少年Ｈ一笑，「那在哪呢？」

「告訴我你的名字的人。」濕婆淡淡一笑。「那人你該認識。」

「誰？」少年Ｈ饒有興趣的看著濕婆。

「一個連我都會尊敬的人。」

「連濕婆都會尊敬？」少年Ｈ微微一愣，隨即明白了。「難道是……聖……」

「是的。」濕婆點頭，「就是聖佛。」

「聖佛提過我？」

「是的，他提過你。」

「為什麼？」

「呵，當時，他正和一個人交手。」濕婆沒有正面回答。「我們是證人。」

「聖佛和人交手？你們是證人？所以現場至少四個人？」少年Ｈ眼睛睜大。「哪四個？」

「你覺得呢？聰明的張天師。」

「聖佛和你，所以另外兩個，是誰？難道是蚩尤？還有女神？」

「果然聰明。」

「那聖佛交手的對象……是蚩尤？」

「正確。」

少年H抓了抓頭髮，心癢難搔的說：「我不是一個好奇的人，但我真的想知道結果。」

「嗯？」

「聖佛與蚩尤，誰贏了？」

「這場戰鬥的結果……」濕婆搖了搖頭，「我只能說，贏者未必贏，敗者卻未必真的敗了。」

「咦？濕婆老大，你在打啞謎嗎？」少年H搔了搔頭。

這場聖佛與蚩尤的對決，在地獄傳誦已久，但一直無從證實。

如今由濕婆親自從口中說出，那肯定是存在的了……只是，這場地獄史上最強的戰鬥，結果究竟如何？

為什麼戰役過後，蚩尤化裝成土地公隱匿身分，而聖佛卻完全消失了呢？

「並不是。」濕婆淡淡一笑，「不過因為這場戰鬥，卻讓我聽到了兩個名字。」

「兩個名字？」

「一個是你。」濕婆看著少年H，「一個則是你的好友。」

「好友？」少年H直覺反應，「阿努比斯？」

「張天師很聰明，果然是有那種可能啊。」濕婆突然笑了，他的額頭卻在此刻，一條約莫五公分的直線隱隱浮起。

直線顫動，彷彿隨時要裂開。

「什麼可能？」少年H突然感到全身發冷，濕婆額頭上，似乎有什麼東西，就要出來了。

彷彿在地底累積了千億年的滾燙岩漿，終於找到了爆發的出口。

「戰鬥結束時，蚩尤走到了我的面前，笑著說，」濕婆額頭的那條縫，正慢慢的打開，裡面透著讓少年H心驚的血紅色光芒。『濕婆啊，要不要打個賭，少年H，有一天，肯定會……』

「有一天會怎麼樣？」少年H看著那條裂縫，背脊的寒顫越來越大。

「『濕婆，少年H，有一天肯定會取代你啊。』」

「取代你？」少年H急忙揮手，「欸，這玩笑開大了，蚩尤他亂說的啦，他唯恐天下不亂啊。」

「事實上，」濕婆搖了搖頭，額頭的細縫，在這個時候，緩緩張開了。「我信了。」

「啊？信了？」

「所以，我得先除掉你，不是嗎？」濕婆笑了，同時，細縫完全張開。

那是一隻眼睛。

毀滅、殘暴、狂亂、恐怖、瘋狂、凜冽、火燙、暴力、絕對，以及絕對無敵的眼睛。

它是憤怒之眼。

曾瞬間爆去象神的頭顱，滅殺千萬敵軍，毀去大半印度的破壞之眼。

它，對著少年H睜開了。

憤怒之眼睜開。

這一秒鐘，少年H只看見了一件東西，那就是死亡。

熾熱如火的死亡。

就是這隻憤怒之眼，瞬間摧毀了印度古文明。

只不過，就是因為破壞，才得以讓更新更繁榮的文明，從廢墟磚瓦中崛起。

更是濕婆被尊為破壞神的由來。

有破壞，才有新生。

「死定了。」看到憤怒之眼，少年H只能無奈苦笑，「蚩尤啊蚩尤，下次遇到你，我一定要狠狠揍你一頓啊！」

新竹，清大夜市裡頭。

「哈啾！」土地公突然大大打了一個噴嚏，打完之後，又打了第二個噴嚏。

「怎麼？」一旁的九尾狐看著土地公，微笑。「感冒了嗎？神魔人三界裡面，有哪隻病毒敢惹你，我一定要給它好好的嘉獎一下！」

「喔？」

「真是幸災樂禍的女人。」土地公揉著鼻子，「會打噴嚏，大概是有人在罵我吧。」

「呵呵。」土地公忽然像是想起什麼似的，「不過，我知道是誰罵我了。」

「是誰啊？」

「一個好朋友啊，有點可憐的朋友。」土地公笑了起來，一邊嘴角上揚，邪邪的笑了。

「但是我相信，只要他能過得了這一關，他不只不會想揍我，還會感謝我哩。」

「嗯……」九尾狐歪著頭，露出沉思的表情。「笨蚩尤，你講的那個人，難道是……」

「沒有什麼難道啦……那個人，」土地公還是笑著，只是笑著笑者，頭頂上屬於蚩尤標誌的巨大牛角若隱若現。「就是少年H啊，哈哈哈哈。」

此刻的清大夜市，穿著隨便的宅男土地公，正仰頭大笑著。

哈哈哈哈的笑聲，在空中迴盪著。

第七章《拿書的少女》

台北，陽明山腳下。

項羽在揮刀的同時，腦海又想起了那個下到地獄裡面，自己陷入梅山七怪陷阱的那天。

就是那一天，他遇到了這個女孩。

而詭異的是，身為結界主人的梅山七怪，竟然沒看到這個闖入結界的女孩？

「獅子座的你。」女孩純真的笑著，把手上的書攤開，放到了項羽的面前。「挑一頁牌吧。」

「挑，挑一頁牌？」項羽感到脖子到臉一陣發熱，他不解的是，這女孩究竟是誰？為什麼明明做的每件事都如此匪夷所思，偏偏項羽無法抵抗？

從頭到尾，整個局勢都被這女孩掌握。

不行。

項羽手一握刀，手臂的青筋暴露，他現在可是在槍林彈雨的結界中，七怪的攻擊不斷衝擊他的防線，身上的傷口也不斷的累積。

他怎麼可以被一個女孩給混亂了心智。

「挑一頁吧。」女孩把書攤開，書頁中，是一張又一張色彩紛呈的圖騰。

這些圖騰中，有的是背著包袱的旅人，有的是身著華麗的教皇，更有的是聳立但破碎的高塔。

雖然這些圖騰的內容十分抽象，但是奇妙的是，當項羽一看到圖，就覺得每張圖裡面都充滿了「故事」與「暗示」。

也許就是這些圖充滿了吸引力，讓項羽禁不住伸出了手指頭，翻了其中一頁。

在七怪發動靈力，不斷攻擊項羽的震盪中，他聽到了女孩細雅的說話聲。

「我的書只有二十二頁，畫的是二十二種不同的圖形，這圖形雖然只有二十二張，卻已經足以表示這個世界所有的一切，在埃及啊，要培養一名法老，就靠這二十二張圖形喔。」那女孩的聲音天真，娓娓道來這本書的典故。「其實，這二十二張圖，就是最完整的帝王學喔，很厲害吧。」

「嗯。」項羽試圖反抗，但卻因為自己也不理解的原因，選擇乖乖的聽完女孩說完這段話。

當然，項羽身上的傷，在這段時間，又多了不少。

「嗯，你選的這張圖……」女孩翻開書頁，「是月亮。」

「月亮？」

項羽認真的看著這張牌，這是一張顏色稍微陰沉的牌，唯一的亮點是懸掛在夜空中的那勾明月。

那勾明月裡面還有一張女人的側臉，那女人的面容加上勾月本身的顏色，給項羽一種不舒服的感覺。

那是恐懼，彷彿有什麼不祥會在月光下滋長的不舒服感覺。

而月光下，唯一的景物，是幾枚葉片，葉片上綴著點點水珠。

是因為剛下過雨嗎？項羽聯想著。

「月亮代表的是隱晦與人的潛意識，但如果你現在心裡有某個問題，其中的解答也會出現在牌面上。」女孩表情認真。「如果不在月亮，就會在牌的其他地方。」

「我要的答案……妳是說七怪幻術的關鍵在這張牌的其他地方？」項羽看著那張牌，皺眉，同時間他的眼神焦距慢慢收斂。

聚焦所在，從月亮往下，他看到了葉面上的水珠。

忽然間，他想起來了，這座客棧裡面，發生了哪件事，是有點特別，偏偏又微不足道到令人忽略了。

就是當他走進了這家客棧後，窗外發生的那件事。

這時，梅山七怪的攻擊已經接近瘋狂，整個房子充滿了他們的武器和靈波。

羊角、豬蹄、馬蹬，到處飛舞，他們用了所有的攻擊招數，卻始終無法重創項羽。

他們極度憤怒，他們明明困住了這可怕的霸王，卻殺不了他。

不只如此，更讓他們憤怒的，是這霸王對他們七個的攻擊視若無睹，只對空氣中自言自語。

「太瞧不起人啦。」白猿精嘶吼，「七怪們，我們出絕招。」

豬精、白蛇精、蜈蚣精、水牛精、狗精與羊精同時一愣，「老大，你確定？」

「確定。」白猿精雙手張開，眼睛因為殺氣而泛紅。「我們合體吧。」

「合體！」七隻怪物同時吶喊，只見白猿身體發著炙熱白光，而其他六隻妖怪則紛紛跳入了這團白光中。

當白光散去，白猿已經不再是一隻白猿，而是一頭高大的巨獸。

一隻擁有牛角，渾身白毛，左手為蛇，右手為蜈蚣，兩腳為犬足，身體強壯如豬，而胸口還有一對羊角的巨獸。

這隻怪物，雖然不知道強不強，但外型還挺嚇人的。

「死吧死吧死吧死吧，霸王。」巨獸發出嘶吼，宛如七種動物同時啼叫，然後朝著項羽的腦門，砸了下去。

「死？」項羽仰起頭，眼神綻放光芒。「我怎麼會死？呵，我現在懂了呢。」

「啊？你懂……」巨獸一驚。

然後項羽手握住這把昆吾刀，毫不在意的往窗外丟去。

昆吾刀不是項羽最重要的夥伴嗎？他竟這樣丟棄到窗外的大雨中。

但巨獸見狀，卻臉色驟變。「不要！」

「把這場雨的原因給找出來吧，昆吾刀。」項羽冷冷的笑，眼神卻是注視著坐在他面前，這神祕的女孩。

只見窗外的昆吾刀開始變化，從原本一把刀的形狀，變成了一個人形大小的銀色的球體。

仔細一看，這球體原來是上萬把銳利小刀所組成。

「散開。」項羽開口。

這一秒鐘，銀色球體爆開。

宛如獵殺精靈的銀色小刀，在大雨中猛然四散，只聽到到處都是金屬撞擊聲，到處都是小刀擦出的火花。

窗外的雨地，變成了昆吾刀主導的殺戮戰場。

銀刀到處亂竄，越竄越猛，到後來開始匯聚，變成了追擊，是的，它正在追擊某個東西。

終於，金屬撞擊聲停止，銀刀的追擊也停了。大雨中，不知道何時多了一個搖搖晃晃的妖怪。

妖怪背後扛著螺旋大殼，身體黏稠，正是一隻蝸牛妖。

只是這蝸牛妖身上已經被小刀密密麻麻貫穿了上百個洞，就算是生命力強韌的妖怪，此刻也已經傷重難治。

「被抓到了。」蝸牛怪砰一聲倒地，殼在地面上碎開。「早知道就不當鬼了。」

而隨著蝸牛怪的倒地，這場突如其來的大雨，竟也突然停了。

天空中，射下幾片地獄天空的光線，雖沒有人間陽光那樣明亮，卻也溫暖得令人想要閉上眼睛享受。

項羽轉頭，看見巨獸的臉色慘到不行。

「用『雨』當作幻術的啟動點，挺高明的。」項羽的昆吾刀，此刻又回到了他的手上。

「不過，少了幻術，你們還有什麼招嗎？」

「吼！吼吼！吼吼吼！吼吼！」巨獸再度發出七隻野獸合吼的聲音，朝著項羽撲來。

「對付你們……」項羽握刀，冷笑。「我連刀子都不用。」

說完，項羽的手往桌上一拍，霸氣十足的刀氣，從他掌下的桌子放射出來。

刀氣劃開紮實的木桌，在紛飛的木屑中，正好迎上狂奔而來的巨獸。

好亮。

巨獸只覺得眼睛陷入了一大片刺眼的亮光中。

接著，牠的左手脫落，掉下一隻身體已經被鍘成兩半的蜈蚣精。

右手脫落，掉下一隻沒有皮的白蛇精。

雙腳折斷，一隻殘廢的狗精滾落在地。

牛角落下，正是一頭斷頭的水牛精。

胸口羊角被切成十餘塊，變成一片又一片的羊精火鍋肉片。

當巨獸好不容易衝到了項羽的桌子面前，牠已經完全不成巨獸，只剩下一隻渾身顫抖的白猿精。

「沒有幻術，你連讓我出刀的資格都沒有，是吧？」項羽飲著茶，看著面前這隻不斷喘氣的白猿精。

「可惡，只差一點，可惡……」白猿精的爪子，緩慢而努力的朝著項羽的身體靠近。

「沒用的，回來吧昆吾刀。」項羽瞧也不瞧白猿精一眼，只是手掌朝上，昆吾刀刀影閃爍，已從窗外飛回。

「可惡，只差一點，我們梅山七怪就可以揚威黑榜，不再是讓人瞧不起，連名字都叫不出來的妖怪了，差一點啊！」

白猿精的爪子，就在距離項羽面前僅僅五公分的地方，摔落。

隨著手臂的摔落，白猿的身體更是快速崩解，宛如不斷往下崩塌的積木，最後，只留下一地的白毛。

在項羽的霸氣與刀氣下，七隻黑榜妖怪，徹底從地獄中除名。

收拾了梅山七怪，項羽放下了茶杯，手上昆吾刀慢慢移動，握刀從單手變成了雙手，慎而重之的握住。

「接下來，我們得談談正經事了。」項羽看向少女，慢慢的說道。

女孩笑著，臉頰上的淺淺酒渦浮現。「幹嘛？」

項羽一笑，雙手握刀，越握越緊，霸氣宛如火山爆發般，往四處衝去。比剛才更猛，更強，更是君臨天下。

「正經事……就是，妳是誰？」項羽的頭髮因為霸氣而緩緩的蠕動著，「為什麼可以輕易進入他們的幻術結界？」

「其實要進入他們的幻術很容易啊。」女孩拿著那本書，完全無視項羽驚世駭俗的霸氣。「只要用其中一張牌就好了。」

「牌？」

「能自由穿梭每個世界的牌。」女孩翻到了書中的第一頁，「就是這張『愚者』。」

「愚者？」項羽皺眉。

「這本書的二十二頁啊。」女孩說，「象徵著宇宙存在的二十二種定律，是我們埃及最古老的智慧結晶，更被烙印在金字塔的圖騰上。」

「那我剛抽到的月亮是……」

「這張牌與你命運相連，月亮代表的是人內心恐懼的人或物，有天當你遇到會令你內心始終恐懼的人或物的時候，可能會令你喪命。」女孩一笑，「但是當你能克服月亮，你就會往前跨進一大步了。」

「算命嗎？這麼玄啊。」項羽冷然說。

「這才不是什麼算命哩。」女孩搖頭，馬尾輕晃。「這是世界運行的法則。」

「可是，妳還沒回答我的問題。」

「什麼問題？」

「妳是誰？」項羽一笑，他已經把全身上下的力量，催到了極限，隨時可以打出三刀。

只是，他的霸氣向來連天地都為之震動，但偏偏眼前這女孩，看起來卻沒有半點異樣。

她，究竟是個什麼樣級數的對手啊？

「我是誰啊？」女孩嘻嘻笑，「你可以用你的刀子來試試啊。」

「喔？」項羽眼睛圓睜。「妳想讓我試刀？」

「如果你打敗我，我就和你說，怎麼樣？」

「很好，哈哈，真的很好。」項羽怒極反笑，他縱橫地獄如此之久，從來沒有人接得了他的第三刀，上代的黑桃K秦皇不能，這女孩肯定也不能。

「當然，只是我們得讓賭注公平些，啊，我知道囉。」女孩伸出食指，「你若輸了，我要你幫我做一件事。」

「什麼事？」

「這件事，之後再告訴你。」女孩微笑。「放心，這並不是一件多難的事。」

「哼哈，」項羽慢慢起身，剛才梅山七怪張開結界發動猛攻，都沒能讓項羽離開椅子，如今，女孩尚未出招，項羽卻已經起身。

因為他的直覺告訴他。

這外表年輕的女孩，很強。

非常非常的強。

「坦白說，我很高興。」項羽渾身的霸氣已經催到了頂峰，渾身爆發出能融化一切的紅色靈波。「因為我肯定遇到了一個比蒼蠅王更有趣，更強的對手啊。」

時間再度拉回三百年前，一個不為人知的地點，兩大高手正盤膝暢談。

這兩個人，一個是使刀好手項羽，另一個則是黑傑克，這個在黑榜十六強中最低調的醫學高手。

他們談的，正是項羽的驚天三刀。

「項兄，你的第一刀說是橫掃，其實是一種圓的應用。」黑傑克拿著自己的手術刀，在紙面上輕輕繞了一圈，一個紙圓登時落下。「圓，是一種二度空間的概念。」

「哈。」項羽搖頭，「二度空間？有趣的論調。」

「是的，雖然是古老中國最簡單的刀術，卻隱含了千年來數學家的心血結晶，你們中國人，當真令人佩服。」黑傑克此刻將手術刀在紙上，筆直的畫了一條線。「第二刀是直劈，其實就是線的表現，這是一度空間概念。」

「二度空間，一度空間，嗯。」項羽點頭。「這就是我的瓶頸了。」

「不對，二度和一度之後，還有一種。」

「哪一種？」

此刻，黑傑克把手上的手術刀舉起，映著燈光，閃爍詭異光芒。「零度空間。」

「零度空間？」項羽雖然狂霸，卻不是個傻子，他稍稍沉吟。「你是說，以點為刀嗎？」

「正是，點。」

「喔，你說，我的第二刀是點？很有道理啊。」項羽點了點頭，「但點的攻擊範圍太小，威力有限啊。」

「錯。」黑傑克慢慢提起了手術刀，「它的厲害，正就是點。」

「怎麼說？」

「看著我的手術刀。」黑傑克沒有回答，只是慢慢提起手術刀，刀尖筆直朝下，對準桌上白紙。

然後黑傑克手一鬆，手術刀筆直落下。

手術刀落下，在那片白紙上，插出了一個小洞。

「洞太小，殺傷有限。」

「還沒完呢。」黑傑克搖頭。

「喔？」
忽然，黑傑克的手掌高舉，快速地朝著手術刀的尾端，拍了下去。
「看仔細了，項兄。」
只見這手術刀在手掌的強大推力下，開始陷入白紙中，再陷入了桌面裡，自然而然的，將白紙一起扯入桌面的洞中。
最後，當黑傑克的手掌停住。
整把刀已經埋在桌下，連同那張白紙，則皺成了一團，一同擠入洞中。
「懂嗎？」黑傑克抬起頭，眼中綻放炙熱光芒。「若威力夠強，你的點，可不只是點而已。」
「我好像懂了。」項羽眼睛慢慢瞇起，嘴角揚起和黑傑克呼應的興奮。「當我這第三刀若能穿透白紙，會連白紙一起扯入。」
「沒錯，這是第一刀與第二刀無法達到的境界，用點去突破現有的空間。」黑傑克語氣揚起。「零度，同時也是第四度刀法。」
「好。」項羽大笑。「若我當真練成這樣一刀，地獄之中，恐怕罕有敵手了。」
「沒錯。」
「那這第三刀該取什麼名？」
「這刀啊，科學把能突破空間的這一點，稱作『奇異點』。」黑傑克摸著手術刀的刀尾，微笑。「那這一刀，就取作『奇異一刀』吧。」

場景，再度回到地獄遊戲，陽明山上。

項羽拔刀。

這一刀，沒有橫掃來得範圍廣大。

這一刀，也沒有直劈來得殺氣猛烈。

這一刀，是刺。

出刀後，宛如直線，筆直沒有半點瑕疵的直線，刺向阿努比斯。

這刀，很安靜，安靜到令人恐懼。

此刻，阿努比斯能做的，是將他所有的力量，至少是少了聖甲蟲後所有的力量，一同灌入了一發子彈之中。

只是阿努比斯卻發現了一個異象。

那就是他發現，項羽的刀，越來越快，快到後來，刀尖竟然消失了。

刀尖陡然消失，取而代之的，是一個如同漩渦的小點。

小點彷彿是空間破了一個洞，附近所有的物質都被扭曲，扯入，最後消失在「點」裡面。

它一路所經過的路線，都無法避免，扯斷半截大樹，拉起土壤，吸下想要飛走的蟑螂，最後……

連綠光和阿努比斯的子彈，都被這個「點」毫無掙扎的吸入其中。

沒有半點暴力，沒有半點聲音，卻充滿無法抵抗的毀滅力。

這刀，未免太過匪夷所思了吧？

「嗯。」阿努比斯眉頭慢慢鎖住，看著那小小的點，朝著自己的臉部衝來。

轉眼，已經在阿努比斯的鼻梁前面。

這表示，項羽的刀尖也已經到了。

「高明。」阿努比斯忽然笑了，這就是霸者，就算敗北，也依然尊嚴的笑了。「這一刀叫什麼名堂？」

「奇異一刀。」

「很好，敗在這一刀之下。」阿努比斯大笑，「沒話說，當真沒話說。」

終於，那點已經來到了阿努比斯的正前方。

阿努比斯緩緩的閉上了眼睛。

面對這一刀，他知道自己輸了。

輸的代價，是死亡。而死亡，總讓他想起某些事。

尤其是「那本書」。

只有二十二頁的書。

這本書此刻並不齊全，殘缺一頁就在他手上。

「死神」。

這張牌，也就是他能夠一直不死的原因。

不過，當阿努比斯閉著眼睛，他卻感到異樣，因為死亡似乎遲到了。

向來只有提早，沒有延遲的死亡，怎麼會遲到？

然後，阿努比斯聽到了一個聲音，嘶吼，那是約翰走路在嘶吼。

「別過去！妳別過去！會死的！」

會死？約翰走路阻止的人，是誰？

想到這裡，阿努比斯猛然睜開眼睛，眼前的畫面，讓向來冷靜的他，也完全失了方寸。

因為，奇異一刀並沒有持續推進。

它被擋住了。

被一個人用身體，用生命，用全部的一切，給硬生生擋住了。

「妳……」阿努比斯睜著大眼睛，身為霸者的他，卻完全無法反應。「妳……為什麼……為什麼……」

她笑了。

那人張著雙手，聽到阿努比斯的聲音，緩緩的轉過頭來，注視著阿努比斯。

「老大，妳不是說過，遊俠團講的是義氣，為了夥伴犧牲生命，沒什麼大不了的嗎？」

這一剎那，阿努比斯的眼眶熱了。

因為這個張開雙手，替阿努比斯擋下這奇異一刀的人，是她。

是一路上緊隨著阿努比斯，最值得信任，最可靠，同時也是最讓人喜愛的遊俠團第二把交椅。

「為什麼？」阿努比斯聲音啞了。「法咖啡……」

法咖啡啊！

「老大，其實救你，除了義氣，我有一點點，一點點私心喔。」法咖啡慢慢的倒下，奇異一刀產生的黑色漩渦，正不斷吞噬著她的身體。

「私心？」

「我的私心……」法咖啡微微一笑，「是因為我救了喜歡的人。」

「啊。」

「老大，能救你，真的很開心啊。」法咖啡眼睛緩緩的閉上了。

此刻，所有人都靜默了。

只剩下身體不斷消失的法咖啡，悲傷的阿努比斯，驚愕的約翰走路，以及滿臉不可思議的項羽。

只聽到項羽喃喃的唸著：

「奇異一刀威力無窮，法咖啡這女孩，就算以生命為代價，也不該擋下這一刀啊，也不該擋下啊……難道……難道……」

這裡，是項羽的回憶。

這裡也是項羽第三刀「奇異一刀」，唯一被擋下的一次。

項羽拔刀，紅光綻放，千萬繁光猛烈擴散，最後卻只化作簡單一點。

奇異點。

一個夠專注，夠強大，大到足以穿破白紙，穿破空間的絕招。

「亮出妳的武器吧？」項羽冷冷的笑著，就是這一刀，滅殺秦王殿上所有的黑色兵馬，還有秦王一身橫練的「十二銅人甲」。

項羽有自信，這女孩的武器再厲害，也無法擋住這匪夷所思的一刀。

「我沒有武器啊。」女孩甜甜的笑著。「我有的，只是這本書而已。」

「哼！」

「不過，這是一本很高明的占卜書喔！占卜，其實是一種指引，可以替迷惘的人們找到方向。」女孩說著，同時單手拿著書，只見書頁在無風的狀態下，開始自動翻動起來。

「占卜？」項羽的刀仍在挺進，內心卻升起一股不好的預感。

剛剛不就是這本書，替項羽找到了「月亮」這張牌，更讓項羽破去了梅山七怪的幻術，這本書肯定藏著某些致命的玄機。

書頁快速的翻動，旋即停住。

圖面上，是一個身穿白色長紗，優雅而美麗的女子。

「是女祭司啊，你運氣好像不太好，這張牌，是我的本命牌哩。」女孩面露沉思的表情，雙手將書打開到最大，對準了迎面而來的「奇異一刀」。「女祭司，冰冷而純潔的處女，她能展現的能力……叫做絕對防禦。」

女祭司，絕對防禦。

一股透明的白色光芒從女祭司的牌面上，成圓形擴散出來。

奇異一刀夾著冷調的兇猛氣勢，撞上了這圓形白光。

奇異一刀與女祭司的碰撞威力之強，竟讓地獄第二層，微微晃動了一下。

晃動。

包括身在地獄政府的蒼蠅王，化身成穿拖鞋土地公的蚩尤，赤腳行遍地獄的聖佛，正在雪山修行的濕婆，都在這一瞬間停止了動作。

「出手啦。」蚩尤抓了抓染金的頭髮，「慘了慘了，這埃及老奶奶很厲害的。」

濕婆獨坐在雪山山頂，渾身力量湧現，面色凝重。「果然，是對手。」

聖佛只是微微停下腳步，一聲輕輕的嘆息後，繼續前行。

而地獄第二層，蒼蠅王的對面，是一個身穿白色西裝，身材修長而迷人的長髮男子。

「小蠅，感受到了嗎？對手很強喔。」

「是的，撒旦先生，我有感覺。」蒼蠅王的眼睛瞇了起來，「女神啊女神，妳截下了他，是怕他敗在我手上，為我所用嗎？」

地獄遊戲，陽明山下。

法咖啡身體在奇異一刀下，慢慢消失。

阿努比斯雖然悲傷，卻也發現了異狀。

「這一刀夾著如此猛烈的空間吸力，為什麼法咖啡只是慢慢消失？」

而當阿努比斯困惑之際，項羽已經蹲在他的面前。

「這問題，我也很困惑。」項羽注視著法咖啡。「這女孩，為什麼可以擋住我這一刀？這一刀可是連秦王和他上萬黑暗兵馬，都沒擋住啊。」

「嗯……」

「誰？」

「在我記憶中，唯一擋住這一刀的人，只有一個。」

項羽的眼珠，在此刻，慢慢的收聚，宛如回到他心中最深最深的記憶中。

然後，他開口了，聲音低沉而乾啞。

「她，就是伊希斯。」

這裡，項羽的回憶。

也是回憶的尾聲了。

與女祭司的對決，擋住了奇異一刀。

而女孩的書再度翻動，啪啦趴啦的書頁聲中，這次落到了另一張牌「皇后」。

「皇后象徵母親，是絕對的引力。」女孩淺淺一笑，那甜甜的酒渦，實在看不出她會是擋住項羽的狠角色。「過來吧，那把刀。」

「什麼?」項羽一愣,忽然發現握在手上的刀,正微微顫動著,被一股力量往前扯去。

對在戰場上舔血的猛將而言,刀如同第二生命。

如今,對方竟敢出手奪刀?

「混帳!」項羽怒吼,雙手握住刀柄,渾身紅色靈波釋放,試圖要穩住刀身。

但,沒有用。

那股名為皇后的力量實在太強,不,或者該說,是無可抗拒。

「吼。」項羽手上的虎口爆出血花,同時間,昆吾刀離手了。

平穩的飛過半個天空,落在那女孩的手中。

「啊!」只聽到那女孩低喊了一聲,纖細的手握不住沉重的昆吾刀,摔落在地。

「好重喔。」那女孩揉著手腕,嘟嘴的說。

看她嬌弱的模樣,竟是在兩招內破掉項羽猛招的高手?

項羽的臉色死灰,愣愣的看著自己空蕩蕩的雙手,被奪刀了?剛剛的力量究竟是怎麼回事?

從女祭司到皇后,每股力量,給他的感覺都相當異常。

與其說那是強大的力量,還不如說,那是一種絕對的力量。

彷彿一種無法被突破的真理。

在皇后面前,是如同幼童見到母親時的絕對引力。

在女祭司面前，是如處女般聖潔的絕對防禦。

那本書，那本書究竟是什麼？

「嘻，我擋下了你的一刀，又奪下了你的武器。」女孩把玩著那本神奇的書，看著項羽。「這樣你總該認輸了吧。」

項羽看著自己手上的鮮血，沉默了半晌後，嘆了一口氣。

「我……輸了。」

「很好，那得來履行你的承諾吧。」女孩的甜酒渦再度出現。

「嗯。」

「我要你幫我拿到一個東西。」

「什麼東西？」項羽看著女孩，苦笑，「以妳的能耐，又何須我幫？」

「那東西不好拿，所以我得多找一點人幫忙喔。」女孩微微一笑。

「喔？」項羽皺眉。

「只是在幫我之前，為了確保你的行蹤不被發現，你還要幫我一件事。」只見女孩慢慢打開了書，纖細的手指翻著翻著，最後停在一張牌上。

「被發現？」

「有一個挺棘手的人，他掌握所有政府的資源，正盯著這一切，所以要做一點預防措施。」女孩微笑。「這張，是掌管精神的牌，叫做『教宗』。」

「教宗？精神？妳想要做什麼？」

項羽忽然察覺到他眼前的世界，變成一片純然的白色，連他的腦袋都同時停止了運轉。

而在這片純白之中，項羽只聽到了女孩甜甜的聲音，是如此說著。

「你的記憶，我就讓教宗暫時關掉囉。」

記憶，暫時關掉？

項羽還沒來得及理解這句話的意思，他的意識，就像是被按下了停止鍵，一切都進入了空白。彷彿永遠無盡的空白中，項羽喪失了意識。

直到他醒來，他發現，自己正躺在一大片荒山上，身邊是熟悉又陌生的一把刀。

「我是誰？」項羽慢慢的起身，搖晃的走在月光下的深山中。

直到，黑暗中的一隻野獸撲向了他。

而他也同時拔刀。

漫天的鮮血與癲狂的戰鬥，竟讓他找回了那麼一點平靜。

地獄遊戲中的斐尼斯帝王傳說，也從這一刻，正式開始。

地獄遊戲，陽明山下。

「你說，法咖啡就是伊希斯？」阿努比斯的語調變了。

「是。」項羽看著法咖啡，嘴角揚起了微笑。

項羽這微笑，竟帶著淺淺的哀痛。「我可不會忘記，一個曾經讓我心動女孩的名字。」

「那好。」阿努比斯深吸了一口氣，沉默了半晌，彷彿在這幾秒鐘裡面，回憶了所有他與伊希斯千年以來的恩怨。

「那很好，卻也很糟。」

「很好，又很糟？」

「好的是，她如果真是女神本人，她的靈氣強大無比，足以保她短時間不死。」阿努比斯看著法咖啡，眼神中閃過一絲不易察覺的情感。

這情感很複雜。

既像是尊敬，又像是愛戀，而當中偏偏又夾雜著些許恐懼。

「那糟的是……」

「糟的是，」阿努比斯說，「若是女神她死了……恐怕地獄當中，濕婆再無敵手，要不是顧忌女神，濕婆早就親自出手，將我們全數滅殺了。」

「濕婆啊……」項羽聽到這兩個字，以他霸者之尊，竟也感到背脊發涼。「那要如何才能救活女神？」

「三聖器。」

「三聖器？」

「女神將解開自己力量的鑰匙，分別藏入『安卡』、『烏加納之眼』，以及『聖甲蟲』之中，而現在，三者缺其一。」阿努比斯嘆氣，「若聖甲蟲不能及時現身，恐怕女神撐不過今晚。」

「今晚，那不就剩下不到五個小時？」項羽吞了一口口水。

「正確來說，是四小時五十四分。」阿努比斯表情凝重。

「那我們該如何？」

「我相信。」

「你相信？」

「相信，奇蹟。」

阿努比斯閉上眼睛，仰起頭，他心中默唸起一個人的名字。

因為他有種強烈的預感，「聖甲蟲」此刻應該在他們手上，而他們正用盡所有辦法趕來這裡。

就算這一路上，濕婆與黑榜群妖環伺，肯定凶險無比。

「一定要平安到達這裡啊。」阿努比斯輕輕的說著，「H兄弟，一定要平安到達啊。」

H兄弟，一定要平安到達啊。

同一時間，台北城的每個角落。

夜王與斐尼斯團長的死鬥訊息，透過玩家們的口耳相傳，與捷運地下道的電視傳播，開始瘋狂散播出去。

夜市中、超市裡、商店街、百貨公司，玩家以驚人高速，將這消息往外散佈。

其中，陰暗的地下道中，一個衣衫破舊的男子也受到了驚動。

他一邊玩著白色的天使娃娃，一邊露出怪異的笑容。

「夜王老大和斐尼斯團團長戰鬥啊。」那男人，用只有四根指頭的右手，抹了抹鼻子。

「咯咯，這麼重要的比賽，怎麼可以漏掉我……九指丐呢？」

而同一時間，台北的淡水，七個人穿著白衣，正在海邊一座名為『領事館』的海濱餐廳，繞著一張圓桌而坐。

這七個人，有男有女，有年輕有年老，唯一的相同點，是他們身上都有著一枚刺青。

刺青形態不同，卻都繡著相同的東西：翅膀。

翅膀，是天使的標記。

其中，一個留著捲髮，笑容甜美的女孩，她的刺青刺在脖子處，那是一塊如鑽石般的藍色冰雹，冰雹的兩旁有兩對翅膀。

兩對翅膀，這是雙翼天使。

其餘的，有的是一對，有的是三對，最多則到七對。

他們是天使團的七對天使。

在地獄遊戲排行榜上，始終屹立不搖，就算織田與曹操強敵環伺，依然維持前三強的天使團，竟然七位天使全部到齊？

究竟是怎麼回事？

這時，咖啡館的樓梯傳來腳步聲，一個中年男子走了上來。

「天使們。」那男人的眼角有著細紋，那是屬於中年爸爸的慈祥。「我們有任務了。」

這中年男子不是別人，正是天使們的統帥。

無翼天使。

「喔？」所有人都抬起頭，因為他們知道，極少下命令的統帥，一旦做出指令，那就是非達成不可的鐵令。

「根據情報，遊俠團與斐尼斯團的團長，此刻正在陽明山山腳對決。」統帥看著眾人。

「遊俠團團長，是夜王嗎？」雙翼天使露出甜甜的笑。「喔喔喔，大心。」

「別花痴了，雙翼天使！他們在對決……所以呢？老大。」七位天使中，三翼天使是男性，年紀約莫二十幾歲，身材瘦長而高大，超過一百九十公分。「你希望我們做什麼？」

「監視。」統帥眼睛瞇起，注視著眾人。「視情況，我們得加入戰場。」

「加入戰場？」七位天使中的六翼天使也是女性，她有著一頭黑髮，臉上戴著蜘蛛面具，渾身散發著神祕與魅力，「我以為『低調沉默』是我們天使團一貫的風格呢。」

「是這樣沒錯。」統帥微微一笑，這笑容中包含了許多悲傷。「但，我認為這場戰役非常重要，它的戰果，肯定會影響台北城，不，整個地獄遊戲最後的命運。」

「啊，這麼嚴重……不過，」蜘蛛女淡淡一笑，「這不像是您會在乎的事啊。」

「嘿，妳倒很了解我。」父親男人又繼續說。「但，這次戰役，我們找的『那個人』，應該也會出現。」

「老大！」所有人同時眼睛亮起。「真的嗎？那個人會出現？」

「我想是真的。」

一聽到男人這樣說，天使們立刻喧譁起來，「恭喜老大！」「老大，幹得好！」「她就是我們進入地獄遊戲的目的啊！」

「是否恭喜還太早。」統帥眼睛瞇起，細長的眼中，是深刻的思念與悲傷。「過了今晚，就讓我們把曾經失去的，給通通找回來吧。」

這外貌集合了父親慈祥與嚴肅的統帥，正是始終低調，實力卻深不可測的天使團團長。

他是科學家，也是父親。

他是「錢爸」。

錢爸出手，正代表著盤據在地獄團隊排行榜No.1的最強軍團天使部隊，終於要出擊了。

同一時間，台北城北方，金鷹團基地附近。

負責探聽情報的探子「麻雀」，帶著關於夜王與斐尼斯團長決鬥的消息，以最快速度飛向基地。

她滿懷興奮，不斷震動著她用道具變成的小小翅膀。

這消息太重要了。

如今地獄遊戲各大勢力互相併吞融合，已經到了生死存亡的關鍵時刻，先有織田軍潰散，之後曹操軍也沒落，接著薔薇團全滅。

嚴格來說，整個遊戲裡面，尚有權力打開澎湖夢幻之門的人選，只剩下四組人馬而已。

白老鼠軍團、天使團、遊俠團、斐尼斯團，以及麻雀所參與的「金鷹團」。

而如今遊俠團與斐尼斯團的正面對決，無論誰勝誰負，肯定都會讓角逐者又減少一名。

帶著無比興奮的情緒，麻雀已經從天空俯瞰看到了基地。這基地是一棟「野鳥協會」的海濱建築，佔地百坪，提供上千名團員居住與訓練。

麻雀忍住笑，一個盤旋，開始往下俯衝。

她迫不及待的想告訴她的夥伴們，團長大鵰、鴿子愛普，以及最近團內最夯的高手「貓頭鷹」。

這是他們金鷹團的機會，一個大好的機會。

只是，當麻雀逐漸飛近基地，她突然發現，不對勁……

平常熱鬧的基地天空，為什麼會這麼安靜？

負責巡邏的禿鷹呢？還有站在門口守衛的白頭翁呢？老愛在門口金雞獨立的白鷺鷥呢？怎麼全都不見了？

發生了什麼事嗎？

不安的心情填滿了麻雀的胸口，她翅膀一振，道具化成的翅膀開始加速，直接往基地衝去。

而當她的雙腳落地，翅膀收起，回復本來短髮國中少女的模樣。

眼前的景象，讓她驚愕得說不出話來。

這裡，真的是在台北中排行前四大戰團的金鷹團基地嗎？

因為這裡已經沒有半個活著的夥伴了。

屍體，全部都是屍體。

宛如巨大的鳥類墳場，禽類的修羅地獄，整個基地到處都是鳥屍，到處都是折斷的翅膀，到處都是散落一地的羽毛……

麻雀甚至認出了愛普染血的白色羽毛。

白鴿，向來是愛普的象徵，如今這隻白鴿已然折翼。

「連那麼厲害聰明的愛普……也受害了？」麻雀拚命咬著下唇，雙眼含淚，小心翼翼的踩過滿地的羽毛和道具，朝樓下走去。

越來越多殘破的翅膀，牆壁上、地板上，這裡顯然經過一場極度可怕的戰鬥，或者說，屠殺。

麻雀喃喃自語著：「是誰敢對我們金鷹團出手！是白老鼠嗎？是天使團嗎？無論兇手是誰，我麻雀雖然不強，但也絕對饒不了他們！」

「我想，兇手不是白老鼠或天使團。」一個低沉的聲音，忽然傳來。

這聲音如此熟悉，讓麻雀先是一愣，然後哭了，哭完又忍不住笑了。

「你沒死？」麻雀回過頭，笑中含淚。「貓頭鷹！你沒死！你沒死啊！」

只見這片殺戮戰場中，一個身穿棕色大衣，身材高胖的男子，正露出溫暖笑容，看著眼前這個嬌小的女孩。

麻雀三步併作兩步，撲向了貓頭鷹。

「貓頭鷹，金鷹團，我們金鷹團到底發生了什麼事？」麻雀把頭埋在貓頭鷹的胸膛，語氣哽咽的說。

「我只比你早回來三分鐘。」貓頭鷹頭上戴著面具，說話語氣腔調，與來自台灣的某個人物有九成相似。「我想我們遇到了侵略者，非常可怕的侵略者。」

「什麼樣的侵略者？可以一口氣殲滅整個金鷹團？」麻雀不解的嚷著。「天使團嗎？還是遊俠團？」

「坦白說，我不認為這是他們做的，一來屠殺不符合他們的行事風格，二來他們不該有這麼強大的力量，能一口氣殲滅我們。」貓頭鷹苦笑。

「那會是誰？」

「唯一的線索，是我在愛普的羽毛下，發現了他留下的最後訊息。」

「最後訊息？」

「他留了兩個字。」貓頭鷹重重吸了一口氣。「『殭屍！』」

麻雀一雙含淚的眼睛，不解的看著貓頭鷹。

「殭屍……？」

「我也不知道什麼是殭屍，但，我有預感……」貓頭鷹昂著頭，眼睛瞇起，再度用那似曾相識的語氣。「現在開始，地獄遊戲即將進入最後腥風血雨的尾聲！」

最後腥風血雨的，尾聲。

台北城。

僅存的數大勢力正不斷往著同一方向匯集。

捷運列車到站，氣閥驅動的車門打開。

有七個人在人群中率先下車，他們灑然而行，衣著風格迥異，唯一相同的部分，是他們身上都有著翅膀的刺青。

而他們的背後，則是一大群穿著白色西裝的玩家。

他們是天使團。

排行榜上的光明帝國，從西方來了。

同一時間，捷運地下街的陰影們也開始蠢動。

在一個只有九根指頭的男人帶領下，陰影們化成一團又一團的小型部隊，透過各種交通工具，朝著同一方向移動。

遊俠團。

「是該做個了斷啦。」九指的男人，他玩著手上的天使娃娃，冷笑。「這場台北之王的爭霸。」

還是同一時間，兩個人，一高胖一嬌小纖瘦。

他們雖然只有兩個，卻也突破重重的人群與關卡，朝著陽明山方向邁進。

他們有著自己的信念。

「金鷹團沒有滅亡！」那嬌小的女子身影，正是金鷹團倖存者，麻雀。「我們兩個一定能讓金鷹團重新復活，只要有一點希望，我們都不放棄。」

一旁身材高胖的男子卻是沉默不語，深沉的眼睛裡，彷彿藏著什麼重大的祕密。

他們此刻也朝著陽明山下前進。

這裡，一場轟動地獄遊戲的對決正在上演。

他們是夜王阿努比斯，與斐尼斯團長項羽。

第八章《誰是送貨人？》

地獄遊戲，新竹。

一個妙齡女孩正在街道上快走著。

她不是別人，正是以機鋒智巧取勝的女孩，「鍾小妹」。

她正在思索一個問題，這問題看似簡單，實則複雜。

那就是「該怎麼去台北？」

新竹到台北，這同為北部的鄰近城市，交通豈止便利而已，簡直是隔壁鄰居，她又何必煩惱？

只是，從小深思熟慮，一顆心生了七、八個竅的她，想的卻不只如此。

因為，就在她的前頭，以少年H為首共有四組人馬，已經用了四種截然不同的方式，去了台北。

若要追上他們，走相同的路線，絕對沒有勝算。

只是高鐵、火車、客運，甚至是摩托車，四種交通方式都已經被使用掉，如今還剩下什麼方法呢？

女孩又走了幾步，忽然停步，皺眉。

「喂，我後面那個人，你老是跟著我，不會膩嗎？」

這時，在街道的巷口，冒出了一個搔著頭髮的男人，他少了左手，雙足成鳥爪，渾身散發著強大的靈力。

他是曾經威脅貓女與狼人T生命的古印度高手，孔雀王。

「不會啊。」孔雀王搔著頭髮。「真是奇怪，我一點都不會膩欸，還覺得挺好的。」

「誰問你會不會膩……？」鍾小妹瞪了孔雀王一眼，「你這傢伙到底聽不聽得懂啊，我是問，你幹嘛一直跟著我？」

「跟著你？其實，我，我……也不知道……」孔雀王想到這裡，身經百戰，殺人如麻的他，臉竟然無法控制的臉紅了。

「不知道？那你幹嘛還跟著我？」

「也不是不知道……」

「你講話能有一點重點嗎？」鍾小妹又看了孔雀王一眼，她感到煩躁，奇怪，為什麼一見到孔雀王的模樣，就讓她感到胸口冒火。

和見到少年H時，那種心中平靜微樂的感覺，剛好相反。

不行，鍾小妹深呼吸，她要冷靜，一直隱居在鍾馗背後長達百年的她，向來內心平靜如水。

誰知道才踏出深閨，就讓她平靜已久的內心，隱隱泛起了漣漪。

「是，其實是這樣的，我和狼人T曾經打過一架……他贏了。」孔雀王看著鍾小妹。

「然後？」

「他本來不應該贏我的，只是他最後靠著一種奇特的力量，讓他全身白狼化，逆轉擊敗我……」

「嗯？」

「我只是想知道，那力量究竟是什麼？」

「所以你就跟著我？」

「是，因為我有預感，妳會是我想要的答案。」孔雀王說著說著，臉又紅了。「我哥哥象神向來很鼓勵我動腦筋，去解決遇到的問題，而不是只會用爆炸來摧毀一切。」

「你哥哥象神，他的確是很聰明。」鍾小妹轉頭，繼續往前走去。「不過，我現在遇到的問題，可能連你哥哥都會煩惱吧。」

「什麼問題啊？」孔雀王急忙追上鍾小妹。「也許我可以幫忙……」

「這問題看似很簡單，卻不簡單，如何在不搭乘客運、高鐵、火車，以及自行騎車的情況下，以最快的速度到台北？」

「這問題哪有難！容易！」孔雀王得意洋洋的抬起頭。

「怎麼說？」

「用飛的啊！」孔雀王說完，背部微微拱起，同時間，一對七彩眩目，華麗無比的大孔雀翅膀，整個張了開來。

「飛……你不知道，這地獄遊戲中，存在著一個古怪的設定，城市與城市間的移動，不能使用非人類的特殊能力嗎？」鍾小妹嘆了一口氣，「不然吸血鬼女早就用她的蝙蝠翅膀到台北了。」

「真的嗎？」孔雀王的臉，慢慢的垮了下來。

因為他原本以為，自己終於可以像象神哥哥一樣，用腦袋來解決事情了。

「不過，你的說法，倒是讓我想起了一個有趣的點子。」鍾小妹看著孔雀王的大翅膀，嘴角慢慢揚起。

「喔？」

「我們的確是要飛到台北去。」

「欸，可是妳不是說……地獄遊戲的設定……」

「沒錯，地獄遊戲的設定是規定，不能使用特殊的飛行能力，但如果我們使用的是遊戲裡面的飛行工具，像是飛機呢？」

「啊？飛機？新竹有嗎？這裡有機場嗎？」孔雀王搔了搔腦袋。「我只聽過桃園機場、台北松山機場、台南機場……」

「這裡有機場啊，傻瓜。」鍾小妹笑容的表情越來越大。

「咦？」

「這裡可是新竹，這裡可是全台灣最大空軍基地的所在地啊。」

「空軍基地，等等，妳的意思不會是……」孔雀王猛嚥了一下口水。

「是，我的意思就是這樣，你不是要跟著我，想找出狼人T變強的答案嗎？」

「呃，是沒錯……」

「既然這樣，那我們就一起挑戰，地獄遊戲中八大怪物之首……」鍾小妹的臉上，再度泛起那聰明又有點調皮的神情。「軍人吧！」

軍人，而且是一整個空軍基地的軍人喔。

同一時間，新竹開往台北的高鐵上。

一場血戰已經進行到了尾聲。

吸血鬼女的牙齒，突破了羅賓漢J的銀色皮膚，卻中了更可怕的埋伏。

那埋藏在銀色肌膚下的致命物質：金烏。

「金烏？」吸血鬼女踉蹌後退，陽光這創造地球萬物，最溫暖而完美的光線，此刻卻殘忍的腐蝕著吸血鬼的生命力。

「對，就是金烏，這產自中國的神祕鳥類原本有九隻，他們如同溫暖的太陽般，負責照耀中國的土地，後來被一個叫做后羿的男人，硬是射殺了其中八隻，而倖存的那一隻被地獄列為超級國寶級的鳥類……要不是華佗透過他醫學局局長的身分，拿到了這隻國寶鳥的基因……」羅賓漢J走到了吸血鬼女的面前。

他原本英俊的面容，此刻蒙上了一片陰沉的黑氣。

他已經不是當年那個正義而帥氣的俠盜了。

如今的他，已經完全被華佗改造成一隻卑鄙的魔鬼了。

「為什麼……」吸血鬼女不斷後退，她試圖要凝聚力量，但卻一點效果都沒有。

因為這是陽光。

這是吸血鬼一族，千百年來，最初也是最終的死穴。

「什麼為什麼？」羅賓漢J慢慢的端起弓，抽出背上的黑色羽箭。「死前有什麼疑問，我會看在我們曾經是同事的份上，盡力幫妳解答。」

「為什麼你會知道我在這裡？不只是地獄遊戲，連我在火車上，你都算得這麼準？」吸血鬼女不斷喘氣。

「很簡單。」羅賓漢J的箭搭上了弓，食指與拇指搭上了箭羽的部分。「因為，有人正在監視你們，從遊戲一開始，就在監視你們了。」

「啊，誰？」吸血鬼女眼睛睜大。

這人是誰，能如影隨形的掌握每個人的行蹤，尤其是向來以神出鬼沒著稱的獵鬼小組。

這樣的人絕對不多，甚至可以說，只有那麼一個！

「想知道那個人是誰嗎？」羅賓漢J微微一笑，拉滿了弓。

「難道是獵鬼小組的最高指導者，一手打造出獵鬼小組的男人，蒼……」

吸血鬼女的話還沒說完，羅賓漢的手指，已經鬆開了箭弦。

黑色羽箭，化作一道無懈可擊的直線。

直接命中吸血鬼女的胸口。

心臟。

「結束了。」羅賓漢J撫了撫唇邊的小鬍子，微笑。「看樣子，我也不用問妳是不是送貨人了，因為，妳再也無法送貨了。」

高鐵上，吸血鬼女仰躺在冰冷的高鐵地板上，眼睛睜得好大，好大。

她萬萬沒有想到，原來真正出賣獵鬼小組的人，竟然是他。

一個嚴肅，一絲不苟，看似正義感的地獄領導者。

蒼蠅王。

吸血鬼女的生命，正快速的流逝。

先是陽光的侵蝕，加上吸血鬼族最重要的心臟被一箭穿過。

我死了？

是啊，我死了吧？

此刻的吸血鬼女，又夢回了那個清晨。

舅舅摸著她的頭，答應吸血鬼女的媽媽說：「放心，我會保護她的。」

然後，在血腥瑪麗的指揮下，展開了一場讓吸血鬼B族幾乎死絕的屠村行動。

也就是那個溫暖到令人心碎的清晨，讓吸血鬼女從此踏上漫長的復仇之路。

當時，舅舅以生命纏住血腥瑪麗，終於等到聖佛親自出手，毀去吸血鬼E族，而吸血鬼女也被白虎精夫婦收養，加入到獵鬼小組。

等到她長大了，更收養了一個和她一樣，從小就無父無母的孤兒。

那些溫暖日子裡，吸血鬼女感覺到，獵鬼小組們就像是自己的家人，加上照顧小孤兒的責任感，曾讓她深深以為，自己終於可以走出復仇的陰霾。

認真的，當一個平凡的人。

沒想到，後來的地獄列車事件，大大改變了所有人的命運。

甚至，到現在的死亡。

原來死亡是這麼回事啊？像是夜幕般慢慢的低垂，周圍的光線逐漸黯淡，宛如黃昏。

原來，這就是死亡啊……

吸血鬼女淡淡苦笑，雖然她不怕死亡，卻仍有許多事情想做，包括她想要親眼看到那小孤女長大，她想要親手揪出滅殺獵鬼小組的元兇，還有她想把「蒼蠅王」的真面目告訴她的同伴們，而她埋藏在心裡的那個願望……

撫摸陽光。

這是她與舅舅的約定啊。

這些願望，在死後，大概都沒辦法實現了吧。

夜幕已經完全降下，在這片無光的黑暗中，連聲音都像是海水退潮般，緩緩消逝。

然後，一種更深沉，比黑暗還要黑暗的物體，完全籠罩住了她。

這樣的黑暗，只能被稱作「闇」吧。

「死亡，你來了嗎？」吸血鬼女揚起淺淺苦笑，輕聲對那「闇」說：「你要來拿走我的生命了嗎？」

那片闇緩緩的朝著吸血鬼女靠近。

『妳的生命，我會拿走。』

「嗯。」吸血鬼女閉上眼睛，這剎那，她雖不怕，但卻感到好悲傷。

好多願望尚未實現啊，原來她對生命，有如此多的眷戀。

『不過，』而那片闇又繼續說著。

『不過？』

『我答應過他，我得等饒妳三次不死之後，再取妳生命。』

「嗯……咦？三次不死？」

『不然，怎麼對得起那個男人，那個把妳稱作『希望』的男人呢？』那片深沉的闇說到這裡，竟然笑了起來。『咯咯，咯咯咯咯。』

這笑聲尖銳，如同十歲女孩，竟然吸血鬼女有了似曾相識的感覺。

「啊！」吸血鬼女猛然睜開眼睛，她看見了這片闇的真面目。

一個令她恨到日以繼夜，一個她發誓天涯海角都要逮捕歸案的黑榜女魔頭，一個曾讓整個地獄都聞之喪膽的血腥女皇。

『看到我，很吃驚嗎？』那片闇笑了，『我是血腥瑪麗啊。』

血腥瑪麗！

吸血鬼女在這一剎那，整個脊椎拱起，身體往上一彈。

吼吼吼吼！

「血腥瑪麗，妳竟然有膽子，有膽子出現在我面前吼！」

『這是第二次饒妳不死。』這片闇，緩緩的退到了陰影處，陰影中，仍可見一枚有如白色彎月的笑容。『還差一次喔，那男人的希望。』

同時間，已經走到門邊，正要握住門把離開的羅賓漢J，露出吃驚表情，轉過頭，看這突然發狂的吸血鬼女。

「怎麼？」

然後下一瞬間，只是一瞬間的時間而已。

羅賓漢J的胸口被兩大片黑刃給劃過，一枚十字架傷口陡然出現，然後瘋狂的血，從十字架中噴射而出。

噴滿了高鐵車站的天花板。

這一切，當然是吸血鬼女的傑作。

「為什麼，妳不是被金烏所傷？又被貫穿心臟？」羅賓漢J看著自己的胸口，眼中滿是驚異。「為什麼還不死？」

「啊？」

「為什麼啊。」吸血鬼女雙眼中滿是燃燒的憤怒。「我想，因為我是吸血鬼吧。」

「那種基因培養出來的冒牌陽光，**怎麼可能殺得了一個真正憤怒的吸血鬼！**」吸血鬼女再度怒吼，腳步一動，拳頭揮出，一拳貫穿羅賓漢胸口。

羅賓漢J被這股殘暴的力量所衝，整個人往門撞去，把門直接撞凹。

「**怎麼可能殺得了一個還有夢的吸血鬼？**」吸血鬼女拳頭再揮，羅賓漢J整個人陷落在牆壁之中，「我是吸血鬼族，驕傲的B族！」

一拳一拳，密密麻麻的拳雨，將羅賓漢整個人越打越陷入牆壁，而羅賓漢J的外型也在這片拳雨之下，完全扭曲。

臉腫起，肋骨全部被打斷，手腳被折斷，完全沒有當年帥氣的模樣。

「怎麼可能殺得了一個……有人等著妳回家的吸血鬼呢？」吸血鬼女狂吼一聲，手如電竄出，這是最後一擊。

這一擊，化拳為爪，穿過了羅賓漢J的胸膛。

然後，吸血鬼女閉上了眼睛，深深吸了一口氣。

「還有，怎麼可能殺得了一個……用生命為賭注，要逮捕血腥瑪麗的吸血鬼呢！」

羅賓漢J倒下，吸血鬼女在這個殘破不堪的車廂中，找到一個僅存的椅子，坐下。

她需要休息。

但當憤怒如同潮水般退去，一個問題卻慢慢的浮現出來。

為什麼被金烏與心臟貫穿後，她還能活著？

就算是生命力強韌的吸血鬼，她也不應該活下去。

除非，她還得到其他生命力的挹注，就像是德古拉伯爵，在地獄列車上，曾對她做的事情一樣。

想到這裡，吸血鬼女快速的伸出手，朝著自己的脖子一摸。

這一秒鐘，她感到全身戰慄。

因為她脖子上，的的確確，多了兩個清晰的小孔。

『該死，血腥瑪麗，妳究竟做了什麼？』吸血鬼女喃喃自語，『妳究竟對我做了什麼？』

而車廂的另外一頭，羅賓漢J被拳雨擊殺的牆壁裡。

有白白的東西正在蠕動。

那是一隻蛆。

只見蛆動了兩下，忽然以驚人的高速開始結蛹，然後蛹破裂，冒出一隻蒼蠅。

蒼蠅抖動了兩下翅膀，開始飛行。

嗡嗡的翅膀震動聲中，竟隱隱傳出細微的話語聲。

那是華佗的聲音。

「資料錯誤，完全沒意料到吸血鬼族的潛力這麼驚人，不過，還好這次派出的實驗體，只是複製品三號，是比複製品四號『偽貓女』更厲害一點的複製品。」華佗的聲音咯咯的笑著，「沒關係，蒼蠅啊，把戰鬥資料帶回來吧，我們來創造更強的生化戰士。」

說完，蒼蠅嗡的一聲，就這樣消失在車廂之內。

整個車廂中，只留下正閉目休息的吸血鬼女。

還有闇。

她正得意的笑著，因為承諾裡面的「饒她三次不死」，已經用了兩次。

「嘻嘻。」這個擁有闇的力量的血腥瑪麗說。「既然妳是那男人的希望……救妳一次，應該不為過吧！」

新竹沿海公路。

這裡，剛剛經歷一場精彩的武將對決。

戰國四將軍中的李牧，與獵鬼小組的四號狼人T，在千軍萬馬的殭屍群中，進行了一場一對一的對決。

而李牧從天而降，威武無比的大刀一斬，更將狼人T逼入了絕境。

刀鋒落地。

煙塵四起。

「吾乃趙將軍，李牧。今，斬除妖獸。」

只是，當煙塵散去，李牧的眉頭卻已然皺起。

因為刀是落下了，卻沒斬下狼人T的頭，而被兩排銳利如鋒的牙，給硬生生抵住。

那兩排牙，當然是狼人T的牙。

「粉厲害撲，你的降時馬，敢掉了我的哈雷！」狼人T牙齒咬著刀，口齒不清，眼中卻綻放冷冽殺意。

「哼，百年妖獸，果然有點能耐。」李牧腐爛的英俊臉龐，嘴角揚起，同時間，更抬起腳，朝著自己的大刀刀背直踩了下去。

要知道，這一踩，等同於加重了大刀落在狼人T牙齒的力量。

狼人T的牙是否能抵住這一刀，就完全沒有人知道了！

「痲痲米啊！」狼人T眼睛圓睜，看著李牧的腳板，越來越近，他突然感到鼻頭一癢。

哈啾。

這聲噴嚏，來得是又急又猛，宛如平地旱雷，李牧只見地面上沖出一股氣，勾起飛沙走石，讓他暫時失去了視覺。

等到他看清楚眼前畫面，狼人T已經不在刀下。

「好妖物。」李牧微笑。「倒是有幾分能耐啊。」

微笑中，隱含棋逢對手的興奮。

而狼人T趁亂溜到一旁，順手斬了兩隻撲向他的殭屍，然後一屁股坐在殭屍上，「這招『狼噴嚏』，我本來不愛用的，唉，要知道這招源自於『三隻小豬』中專門吹倒房子的大野狼……名聲不太好哩。」

「妖物，咱們再來。」李牧再度上馬，殭屍馬鼻孔噴出兩道兇猛白氣，腳蹄更是在地上刨出淺溝。

「喝！」狼人T身體微蹲，身上的毛，一根一根豎起宛如刺蝟。

這是他狂催靈力的證明。

「來！」只見李牧手一甩馬鞭，殭屍馬的四道鐵蹄已然離地，化作一道兇猛烈焰，滾滾燒向狼人T。

「哈雷，我是狼，戰馬再強也是我的食物。」狼人T仰頭咆哮，緊握手上的螺絲釘，「我現在就來替你報仇吼。」

說完，狼人T的雙手雙腳落地，像一隻真正的狼般，狂奔起來。

只見在千萬隻殭屍的原野上，兩條線朝著彼此快速前進。

一條是棕色的狼人T，另一條，則是騎著殭屍駿馬，舞著大刀的李牧。

兩線瞬間交會。

但奇怪的事情卻發生了。

棕色線消失了。

宛如被另外一條線給吞噬似的，徹底消失。

李牧急忙勒馬，轉頭。

果然，荒地原野上除了滿坑滿谷的殭屍外，沒有狼人T的蹤影。

到哪裡去了？李牧手握大刀，作戰至今他第一次感到迷惘。

而他更知道，在瞬息萬變，危險四伏的戰場上，再也沒有比「迷惘」更恐怖的事情了。

「妖獸！你在哪？給我出來！」李牧拉著韁繩，讓馬不斷兜著圈子，防止狼人T從任何可能的角度對他進行突襲。

但，他沒有見到狼人T。

背脊發涼，是李牧此刻唯一的感覺。

「給我出來！」李牧舞著大刀，凝聚靈力，準備殺出最後一擊。「妖獸！給我出來！」

然後，李牧聽到了一個聲音。

窸窸窣窣……窸窸窣窣……

李牧的表情先是疑惑，然後慢慢變了，變得驚懼。

他不再騎著殭屍駿馬瘋狂繞圈，而是全身不動，頭，慢慢的朝下看去……

而且，是看著自己的馬鞍。

李牧緩緩的吐出一口氣。

「你……藏在馬腹下嗎？」

下一秒，馬鞍應聲炸裂，大量血肉往四周噴散，一對狼爪，從這片血肉中透了出來。

「吾之愛駒啊，吾之戰友啊！」李牧發出一聲悲嚎，縱身跳開，而下一秒，整隻殭屍馬就這樣被這對狼爪，一左一右給分成了兩半。

殭屍馬慘嚎聲中，狼人T的身影已經從這團血肉中衝出來了。

直撲向李牧。

「結束啦！」狼人T的身體沾黏著殭屍馬的血，張開滿是利齒的大嘴，對準空中李牧的頭顱，直咬了下去。

「妖獸！莫得意！」李牧雖然躍在空中，仍不失一代武將身手，雙手握刀，以腰部為軸心，以離心力為輔，一口氣將刀鋒甩向狼人T的腰際。

一人一狼，再度對上。

此刻，他們都豁出全力。若是狼人T快一步，被咬爛的，就是李牧的頭顱。而若是李牧的大刀快上一步，被腰斬的，肯定就是狼人T的身體了。

兩人都沒有絲毫的退意，只將身體與力量全部都發揮到了極致。

因為他們很像。

尤其是體內流的武者之血，更像。

「能與你這頭妖獸作戰，不枉我在地獄裡頭，千百年的等待啊！」李牧英俊但腐爛的臉，露出作戰的狂喜。

手上的刀，揮得更猛了。

「彼此彼此。」狼人T的獠牙張得更大，臉上同樣是遇到高手的興奮。「敗給你，也沒什麼好遺憾的啦，哈哈。」

大笑聲中，兩人賭上了自己最驕傲的武器，瞬間觸碰。

倒在地上的人，是狼人T。

他的胸口，滿是血跡。

站在地上的，是李牧。

他揮刀的姿態，仍然英武。

只是狼人T嘴裡多了一樣東西，而李牧身上則少了一樣東西。

頭顱。

李牧的頭，此刻正被狼人T叼在嘴裡。

身首異處，是這場瞬間定出生死的戰鬥，最後的結果。

只是狼人T胸膛那道深可見骨的巨大刀傷，不斷湧出鮮血，也可見這致勝的一瞬間，是多麼的驚險。

這一瞬間，也只有狼人T和李牧才知道，究竟發生了什麼事。

先擊中對方的，其實是李牧。

集合治兵與武術於一身的戰國名將之一，他的刀在空中甩出，卻不是完全的直線。

他巧妙的避開風，更巧妙的利用身體的扭腰之力，將刀速提升到最快。

甚至快過狼人T的利牙。

只是當大刀斬中了狼人T，李牧的表情卻變了。

砍不下去？

這把在千軍萬馬中斬過無數猛將的大刀，以血煉刀，隨著斬殺敵人數目，越來越鋒利，也越來越霸氣。

這樣的刀，怎麼會有斬不下的軀體？

「白毛？」李牧察覺到狼人T胸口的變化，不知道何時，刀下那片狼毫，竟瞬間轉白。

也就是這片白毛，勉強阻止了血煉大刀的刀鋒。

「西兒，哈哈，你又救了我一次吼！」狼人T狂笑之際，朝著李牧的腦門，狠狠地咬了下去。

只是李牧無愧於戰國四大名將，他驚而不亂，就算砍不下去，他仍施壓於刀鋒，硬是推住了狼人T。

在李牧大刀的推擠下，狼牙的距離不夠，只是驚險的擦過李牧的頭盔，將頭盔整個咬下，卻沒傷到頭盔下真正的元兇。

「你媽媽爸爸的勒，沒咬到！」

「妖獸，棋差一著啊，哈。」李牧的大刀再起，這次他不在瞄準胸口，直接朝著狼人T的臉劈了過去。

看你的臉上，有多少白毛可以擋？

只見這兩大戰士驚險交手，李牧再度取得優勢，大刀刀鋒由上而下，宛如晴天霹靂，朝著狼人T臉，直直劈下。

刀，越來越近，越來越近！

「妖獸，還不伏誅。」李牧狂喝。

「湖孤？我以為該湖孤的郎，是你勒，哈哈。」狼人大笑間，說話忽然像是剛才咬住刀鋒一樣，不清楚起來。

「你講話方式為何有變？啊！你嘴巴裡面含了什麼？」李牧雖驚，但刀勢已老，已經完全無法收刀。

「用射的，就不趴舉李太短啦。」（用射的，就不怕距離太短啦！）狼人T嘴巴嘟起，一顆銀色物體，瞬間射出。

「這——」

李牧終究來不及收刀回防，這銀色物體，就夾著狼人T的驚人吹力，嘶一聲，貫穿了李牧的胸口。

在胸口下的心臟，在一瞬間被打穿。

「高明。」李牧身體在這一秒鐘完全失去了動作能力，仰頭往後倒去。「那東西，是什麼？」

「那東西，你該見過。」狼人T微笑，「是我家哈雷的螺絲釘啊。」

「是嗎？」李牧緩緩後倒，此刻的他笑了。「你替你愛駒報仇了啊？」

「吼！失禮啦！」狼人T知道李牧貴為千年老殭屍，就算心臟爆掉仍非常危險，牠發出咆哮，往前撲去。

這次的狼牙，沒有遲到。

李牧的頭顱。

卡的一聲，李牧的脖子被狼人T咬住，然後整個扯了下來。

但，下一秒，狼人T的胸口白毛退去，取而代之的，是被勉強壓住的刀傷，化成點點鮮血，噴了出來。

「贏了，真是一場漂亮的戰鬥啊，不是嗎？」狼人T躺在地上，巨大的刀傷幾乎讓他流去體內百分之七十的血液。

這是一般常人早就沒命的失血量。

就算是狼人T，也只能躺在地上，呼呼喘氣，完全不能動彈。

「好厲害的一刀，就差那麼一點……不過……」狼人T發現，接下來才是他真正要擔心的。

因為就算這群殭屍的頭目李牧已經掛了，但殭屍們卻未倒下。

他們開始移動起他們遲鈍的步伐，一步一步朝著躺在地上的狼人T靠近。

「有點麻煩。」狼人T想要起身，卻發現身體早已經完全動不了了，他不禁苦笑起來。

難不成，在地獄列車上沒被貓女殺死，在八陣圖裡逃過一劫，還打敗孔雀王的他，竟會死在一群連走路都不會的殭屍口中嗎？

這未免太窩囊了吧？

狼人T握拳，試圖再次喚醒他體內那神祕的力量，可惜，西兒的力量雖強，但剛才已經消耗在對付血煉大刀上了。

沒有回應，狼人T身上的毛，連一根變白都沒有。

「難道，我當真會死在這裡？」狼人T苦笑，可是此時的他，連一根指頭都動不了。

「真慘啊，欸，李牧啊，早知道就死在你手下，還會光榮一點哩。」

狼人T躺在地上，看著殭屍們越來越近，數十隻骯髒的爪子不斷舞動，伴隨著血盆大口散發出來的惡臭。

忽然，旁邊李牧的頭顱動了。

原本緊閉的眼睛，竟在此時陡然睜開。

宛如銅鈴般的大眼，瞪著這群正不斷逼近的殭屍，發出驚天動地的怒吼。

「退下！勝負乃兵家常事！吾將手下豈能趁人之危！？」

這一聲怒吼，雖然從一只斷頭口中吼出，卻有一股天地為之變色的氣魄。

所有的殭屍腳步登時停住，不敢再動，彷彿被定在地上。

一大片的殭屍戰場中，只剩下狼人T慢慢起身，他先是用雙手把李牧的頭顱放在地上，然後恭恭敬敬的鞠了一個躬。

「英雄。」狼人T真摯的說。「與你一戰，是我的榮幸。」

只見李牧的雙眼再度閉了起來，而嘴角則揚起一個若有似無的微笑。

這微笑，彷彿在回應著狼人T的話語。

狼人T鞠完躬，轉身，踏著蹣跚的步伐，穿過不動的殭屍群，踏上了通往台北的省道。

就算重傷，就算交通工具只剩下一雙腿，他也要完成約定。

「獵鬼小組們，我們台北見！」

就在吸血鬼女在高鐵上重傷，為血腥瑪麗所救。

狼人T在新竹海濱，與殭屍四天王之一的李牧血戰。

另一條線，戰況也同樣火熱。

這裡是鐵軌，一台高速且搖晃的火車，輾過鐵軌後，持續瘋狂前進。

一閃而逝的火車窗戶，可以見到一具巨大的碧綠色的半透明棺木，棺木內，一名黑髮女子正在沉睡。

沉睡者，就是貓女。

她的肌肉快速重組，傷口癒合，然後，她眼睛睜開。

貓女在棺木中復活了。

「貓女，正所謂人無法選擇出生的地方，就像是妳沒辦法選擇死而復活的地方一樣。」

棺木之前，一個流著鼻涕的中年男子，正發出咯咯的笑聲。「只能說妳倒楣，在我的『涕王棺』內復活，哈哈，醒在一堆鼻涕裡面的感覺如何啊?美妙嗎？」

只見棺木內的貓女，表情從復活時的安詳，變得極度扭曲。

而同時間，棺木的顏色也發生了變化。

開始由綠慢慢轉黑，黑色如同顏料，在綠棺中渲染開來。

這黑色顏料，一靠近貓女，更是直接改變形態，由原本的緩慢飄移，改成千萬根銳利尖刺，張牙舞爪的開始攻擊貓女。

貓女表情驟變，試圖舞動雙爪攔阻這些黑氣，但雙爪皆被涕王棺的鼻涕黏住，怎麼樣也動不了。

黑氣刺中了貓女。

越來越多的黑氣不斷的刺入貓女體內。

而貓女的表情開始痛苦起來。

「妳知道這是什麼嗎？親愛的貓女。」劉禪撫摸著涕王棺，表情盡是滿足。「這是我鼻涕的毒，只要妳還在這具棺木內，這些毒就會不斷的毒死妳，咯咯，咯咯咯咯。」

越來越多的黑毒之氣，攻向了貓女，只見這一秒鐘，貓女被一大團黑氣包圍，宛如致命毒蜂般瘋狂的朝著貓女攻擊。

短短的十秒鐘，黑氣散開。

涕王棺內，徒留動也不動的貓女。

「這是第二命囉。」劉禪用指頭沾了一下自己的鼻涕，然後在涕王棺上，寫下第二撇。

「咯咯，剩下七命，天啊，這麼美好而殘忍的毒殺秀，我竟然只能再看七次，真令我惋惜啊。」

貓女歪著頭，此刻的她，牙齒緊緊咬著。

她在忍。

忍受這無邊無際的痛苦。

而她之所以能忍，只因為她還握有最後一張王牌。

只要還有這張王牌，再痛再苦的戰鬥，她都會熬過去。

都會熬過去的。

「第七命。」劉禪在車廂內跳起了自編自導的舞步，模樣像是一頭豬在打轉。「天啊，我愛死這涕王棺了。」

貓女死了，然後又活了。

可是又死了。

「第八命。」劉禪坐下，拿起從火車餐車中搶下的便當和飲料，一邊扒飯，一邊舉著純吃茶飲料，做出乾杯的動作。「真是太美妙了，貓女，能看著妳死掉，真是世上第一美景啊。」

涕王棺中的貓女，再度進行了一次生死輪迴。

而且，若以貓女九命來推論，這次的復活，已經是第八次，換句話說，眼前這條命，已經是最後一命。

第九命了。

涕王棺中，貓女的身體被黑色毒氣侵蝕，當毒氣散開，貓女腐蝕的身軀，再度開始進行重組。

「最後一命囉，快樂的時光，總有結束的時候。」劉禪已經完全吃完了那個便當，打了一個又臭又長的嗝，「貓女，這將是我最後一次看到妳啦。」

涕王棺中，貓女的手指，那纖細美麗的貓爪，已經完全修復。

「我劉禪啊，從在人世的時候，就被人瞧不起，什麼關二叔、張三叔、趙雲，他們表面效忠我，心裡都瞧不起我！」劉禪挖了挖鼻屎，講得是咬牙切齒。「更別提那混蛋諸葛了，老是用一些漂亮話來誆我，來欺騙眾臣，私底下其實想當皇帝！」

以手指為起點，貓女的身體周圍，桃紅色的光芒正不斷往上蜿蜒，先到了手臂，再到了胸膛，然後往下降到了腹部，最後則是雙腳。

那桃紅色的光芒，每經過一處，那處就宛如被施了魔法，完全復原成完整的軀體。

最後，只剩下那緊閉著的雙眼了。

「這次，我收到濕婆的徵召，來加入這次的行動，但他也瞧不起我！幸好……就在濕婆離開後，有另外一個人出現了！這個人，才是真正欣賞我才華的伯樂啊！咯咯。」劉禪說到這裡，表情慢慢的改變了。

臃腫的臉龐，竟露出像是受委屈的小孩，終於得到了安慰的糖果的表情。

涕王棺中，粉紅色的光芒還在緩緩前進。

最後停在貓女的臉上。
這是復活的最後一道程序。
甦醒。
而奇妙的是，那粉紅色的光芒，卻在這一瞬間閃過了一幅圖像。
那是一張牌。
牌上畫著一個背著包袱的旅人，旅人的下方還用古老的埃及文寫著『愚者』兩字。
「有趣有趣，這張牌，就是妳的力量關鍵嗎？」劉禪用力用手指來回搓著鼻子，發出『蹭蹭蹭蹭』的聲音。「到了快結束的時候，才會顯露出力量的本質嗎？貓女。」
涕王棺內，桃紅色的光芒如煙霧般緩緩淡開。
愚者圖形也隨之飄散。
露出了桃紅光芒下的那雙眼睛。
一雙睜開的貓眼睛。
「第九命，來了嗎？」劉禪狂笑，「哈哈哈哈，那個欣賞我的人啊，我要繳出第一份供品啦，就是我最愛的貓女屍體囉。」
涕王棺內，邪惡的黑色毒氣再度凝聚，像是深海中貪婪的肉食魚類，成群結隊的往貓女身上游去。
貓女的眼睛睜著。

她正在思考。

終於走到第九命了。

已經沒有半點退路的第九命了。

在古老中國宋朝，當她見到少年H遇到危險，奮力往前衝去時，突然出現在少年H面前的「那能力」，究竟是什麼？

黑色毒氣，已經接觸到了她的皮膚，開始侵蝕了進去。

「最後一場秀啦，貓女。」劉禪的笑聲，傳入了涕王棺之內。「我會永遠永遠記得我們兩個……未完成的戀情的，咯咯！」

「那能力」究竟是什麼？

那一瞬間，為了要救少年H，一切都可以犧牲，一切都勇敢去做的自己，究竟做了什麼？

黑氣，已經完全透過了皮膚，甚至鑽入了骨頭，只要在幾秒鐘，這可怕的黑氣食人魚，就會奪去貓女僅剩的最後一命。

而地獄暗殺女王的傳說，也將在這一刻，被劃上休止符。

「我來倒數吧，五秒……」劉禪得意的數著。

黑氣，開始在骨頭間竄動，劇烈的疼痛，干擾著貓女的思考。

到底是什麼？讓她瞬間爆發的「那能力」到底是什麼？

「四秒……」劉禪笑著。「等妳死後，我會把這涕王棺好好收起來，變成最美麗的收藏。」

最危急的一刻，會啟動最強的能力，那是「巫術之門」，可是，巫術之門之外，是不是還有什麼其他的部分？

「三秒……」劉禪越笑越大。「最後三秒囉，我親愛的貓女。」

巫術之門，在貓女的手掌間凝聚，只是貓女仍想不通，除了巫術之門之外，她還要做些什麼？

黑氣，更是兇猛的在她體內蔓延。

「兩秒……」劉禪雙腳踩地，遲鈍的跳起舞來。「要結束啦。」

巫術之門已經打開，貓女睜著眼睛，忍著疼痛，看著在她眼前的巫術之門。

這巫術之門，吸不了涕王棺。

因為劉禪的鼻涕可以藉由硬化來阻擋巫術的吸力，尤其是這「涕王棺」，更是精純無比的鼻涕，它強壯的程度，已經等同於一座由複雜咒術所構築而成的結界了。

一座足以抵禦巫術之門的結界。

「一秒……」

貓女看著眼前的巫術之門，她內心忽然戰慄了一下。

她忽然懂了。

難道，所謂的最後能力，指的是這件事嗎？

可是，有必要這樣嗎？要賭這麼大嗎？

「零．秒．啦。」

劉禪大笑，笑到鼻涕亂噴，口水亂竄，笑到滾倒在地上。

黑氣在這一刻陡然膨脹，漲滿了整座涕王棺。

整座涕王棺頓時變成墨黑色，宛如被埋藏在地底深處腐朽的死亡棺木。

「結束了結束了，」劉禪笑到在地上打滾，「我幹掉貓女了，這次沒有讓妳逆轉啦，那個唯一欣賞我的人啊，我沒讓你失望，我沒讓你失望啊！」

殘殺貓女第九命的黑色毒氣，此刻已經功成身退，慢慢的往周圍擴散，淡化，用數百年濃稠鼻涕所作成的碧綠棺木，正慢慢回復它的原本面目。

墨色棺木，正在淡化。

淡化淡化……

淡化……

然後，劉禪的笑聲突然停了。

取而代之的，是發源自喉嚨，宛如被人勒住咽喉時所發出的怪聲。

「嘎，嘎，嘎……」劉禪的指頭，指著他面前那具涕王棺，整個神情，簡直驚駭到了極點。

涕王棺裡面，竟然……

空了。

碧綠色的涕王棺裡，曾經八次毒殺貓女性命，將她屍體腐蝕成殘缺不全的涕王棺，如今裡面卻是空蕩一片。

空棺。

是不祥，極為不祥的預兆啊。

「嘎，貓女的屍體，不可能被毒氣完全吃掉，嘎，她沒有在裡面……除非……嘎嘎……除非……嘎嘎……」劉禪的喉嚨中不斷發出「嘎，嘎，嘎」的怪音。

墨色的毒氣，還在涕王棺中消散，終於，整個退去，留下一大塊半透明的碧綠鼻涕。

「嘎，貓女，究竟到哪裡去了？嘎，我連殺她八命，她能逃，早就逃了，嘎，怎麼會在此刻出事？」劉禪不斷的抖著，伸手按住涕王棺，他連指尖都在發抖。

看著自己按在涕王棺上，顫抖的指尖，忽然間，他發現了另外一件怪事。

那就是他看見了，貓女的臉。

貓女那張豔麗的臉，竟出現在涕王棺上，面無表情的看著劉禪。

「怎麼……啊……難道……」劉禪渾身戰慄，因為他已經懂了，貓女的臉，為什麼會出現在涕王棺的表面上了。

那是倒影。

真正的貓女，其實是在……

「背後！妳在我的背後……」劉禪猛然轉頭，他在這短短的一瞬，把身體上所有的一切靈力，都推升到了極點。

鼻涕七殺中的「涕長莫及」、「天女散涕」、「天涕無縫」、「假涕真做」、「涕蟲危機」、「鼻塞獅吼」全部一口氣打出來。

可惜，這次他真的沒有辦法了。

天時，地利，人和，全部都失去了。

連製造假替身的機會，也都來不及了。

只見，貓女站在劉禪的背後，輕輕的揮了一下爪子。

「別……」劉禪哀號。

貓女手一過，劉禪的鼻子，已經從臉上徹底消失。

「啊啊啊啊啊！」劉禪雙手摀住鼻子，鮮血不斷從指縫狂湧而出，「我的鼻子，貓女，妳竟然毀了我的鼻子，我的鼻子……」

「沒有了鼻子，看你怎麼再用鼻涕害人？」貓女一笑，「其實你也很厲害，整個地獄裡面，能將老娘逼到這地步的，你是唯一一個。」

「貓女……別殺我……」劉禪跪在地上亂爬，鮮血則不斷的從臉上湧出。「妳也欣賞我，對吧？我們兩個是互相欣賞，妳看我們很配啊，我是中國古帝王之後，妳是埃及古神後裔，我們可以在一起，締造美好的愛情傳說……」

「坦白說，你真的是我見過，最想找死的混蛋。」貓女深吸了一口氣，嘴角揚起一個憤怒又痛快的微笑，貓爪慢慢舉起。

只要落下，這段時間以來，貓女所受的屈辱，就會得到一個痛快的紓解。

只要落下……

只是，就在此時，貓女的耳朵動了動，她聽到了雖然無害但是令人厭煩的聲音。

嗡嗡嗡嗡嗡……

一隻蒼蠅不知道從何處飛來，在貓女的手上繞了一圈之後，又在劉禪的臉上繞了幾圈，最後停在劉禪的額頭上。

「蒼蠅？」貓女生性愛潔，見到這專門在垃圾堆飛舞的昆蟲，不禁皺眉。「你看看你的鼻涕有多髒……連蒼蠅都來了！」

但奇怪的是，劉禪的表情卻令人出乎意料。

原本驚恐怕死的他，在此刻竟露出了欣喜的笑容。

口中，甚至說出了囈語。

「您，您來了啊！」

「誰？」貓女一愣，以她敏銳的靈覺，並沒有發現周圍有任何危險人物靠近。「你瘋了嗎，因為快死所以瘋了？」

「您來啦，太好了，我已經把貓女逼到第九命了，只要再一下，就可以殺死她了，我沒有辜負您的交代……什麼，您，您說什麼？」劉禪眼珠朝上，失去鼻子的他，語氣變得急促起來。「等等，您別誤會，雖然我浪費了呂布戰甲，但是相信我，我已經快要徹底打敗貓……」

「咦？」貓女內心忽然湧現不安預感。

「別殺我，蒼蠅……」劉禪突然放聲尖叫。

這一秒鐘，貓女感到渾身戰慄，直覺的往後退了一步。

就這一步的時間而已，劉禪的頭顱，竟已經化成一大片血花，炸了開來。

血、肉、腦漿，以及整坨整坨的鼻涕，飛散整座車廂。

只是爆炸雖猛，貓女的動作卻又更快，她腿往後一蹬，身體如一片羽毛般往後退去，直到貼住火車車廂的天花板上。

她完全避開了爆風的傷害。

當煙塵散去，劉禪屍骨無存，這個從一出場就以大便羞辱了典韋，一路上追逐貓女，多次差點取下她性命的男人，竟死得如此淒慘莫名。

連根完整的指頭都沒留下，實在太淒慘了吧？

貓女輕輕的嘆了一口氣。

從天花板上落下，以指尖觸地，輕盈又安穩的站定。

「這噁心鬼死了，又留下新的謎團了。」貓女搖了搖尾巴，自言自語。「到底是誰殺了他，那個人好像不是濕婆，又是另外一個高手嗎？還有誰能夠遠距離把你暗殺，又驅動呂布戰甲？真是太有趣了。」

劉禪死。

並沒有引起地獄群雄的任何反應，除了一個人例外。

這人，拿著羽扇，坐在一張咖啡桌上，他面容清秀，氣質高雅，正是設計八陣圖，試圖捕殺獵鬼小組群雄的男人，諸葛亮。

奇怪的是，他不是與鍾小妹對決陣法嗎？

怎麼他與鍾小妹兩人，都全身而退呢？

「真正聰明的人，不會真的用性命去分出勝負的。」諸葛亮淡淡一笑，「就像我和鍾小妹。」

「不過，劉禪啊，你就不是一個聰明的人。」諸葛亮說完，嘆了一口氣。「我們雖然受到同一個人的委託，但做事的方法絕對不一樣，要殺貓女他們，根本不用明刀明槍。」

「就像當年赤壁之戰。」諸葛亮溫柔一笑，「要獲勝，要靠的是計。」

說完，諸葛亮把扇子放到了桌上，而驚動了桌上一隻昆蟲往上飛起。

黑色的翅膀，嗡嗡作響的聲音。

那是蒼蠅。

和停在劉禪臨死前遇到的昆蟲一樣，一隻蒼蠅。

「沒錯吧。」諸葛亮看著蒼蠅，微微一笑。「以您的智謀詭計，派出蒼蠅，除了殺了可能洩密的人之外，應該……還會順便做點事吧。」

蒼蠅震動了兩下翅膀，彷彿在和諸葛亮對話。

「是啊，這件事雖然不太可能殺死貓女……」諸葛亮笑著繼續說著，「但至少，會讓她受點傷吧！」

貓女站在火車上，看著被劉禪屍體弄得一片混亂的車廂。

忽然，她感到不對勁。

歪掉了。

不，不是她自己歪掉了，而是地板歪掉了。

而且，不只是地板，天花板、兩排座椅、窗戶，全都歪掉了。

為什麼？

當火車上所有的物體都已經歪斜，這不就表示……

「看樣子，劉禪後面還有更猛的主使者啊。」貓女仰著頭，感受著整列火車越來越傾斜，越來越傾斜。「竟然連火車都可以破壞？」

這一秒，火車的傾斜突然停住，千分之一秒的停頓後，則是天崩地裂的旋轉。

因為火車不只傾倒，更以高速滑出了軌道，此刻，它不再只是火車了。

它是能掃平所有障礙物，坑殺所有乘客的鋼鐵怪物。

「台北車站，約定的地方快到了，H，你還好嗎？」貓女目光遙望遠方，在這片混亂中，她依然保持殺手女王的冷靜優雅。

但她身形卻瞬間被漫天飛舞的椅子碎片，扭曲飛散的鋼板所吞噬。

完全失去了蹤影。

同時間，在地獄第二層的某處，又是相同嗡嗡嗡嗡的蒼蠅振翅聲。

一隻蒼蠅，飛過了光潔亮麗的地獄政府地板，又飛過了眾人埋首工作的辦公室，最後飛到了一間獨立的小房間內。

小房間的門口，掛著「地獄政府行政總裁」的名牌。
蒼蠅從門縫中鑽入了小房間中，裡面正坐著一名表情嚴肅，五官嚴峻如石雕的男子。
蒼蠅王，是他的名字。
「回來了。」這蒼蠅王手掌前伸，剛好接住這隻小小的不速之客。
只見這隻小蒼蠅，翅膀抖動了兩下，似乎在回應。
「嗯，了解了。」這蒼蠅王點頭。「你說最後一項聖器已經被送往女神的身邊……」
蒼蠅又動了動翅膀。
「而三路包抄之下，包括羅賓漢J對吸血鬼女，李牧對狼人T，貓女對劉禪都已經敗北，但經過查證，聖甲蟲都不在他們手上……」蒼蠅王點頭，「看來，獵鬼小組他們還是會把聖器，交給最可靠，也最有潛力的一個組員啊。」
蒼蠅翅膀再動，發出如同語言般嗡嗡的聲音。
「果然是他，只是……擋在他前面的，偏偏又是濕婆本人。」蒼蠅王眼神複雜，「這是命嗎？此關當真難過啊。」
蒼蠅再度拍動翅膀。
「只是，此關當真難過嗎？」蒼蠅王閉上眼睛，只是這次，蒼蠅王沉吟了許久，都未說話。
然後，他突然起身，拿起掛在椅背上的黑色外套。

「有件事，我得親自去確認。」蒼蠅王往前大步走著，表情異常嚴肅。

地獄遊戲，新竹通往台北的高速公路上。

時速超過一百公里的車子，在路上構成龐大車流，或快或慢，或密或鬆，將整條高速公路點綴成一大片眩目的光陣。

隱藏在這些光陣中的一台客運汽車，看似平淡無奇，事實上一場影響地獄遊戲未來命運的相遇，正在上演。

車上，坐著兩個人。

一位是法力通天的古印度大神，濕婆。

一位則是手握太極武學的中國武者，少年H。

而濕婆額頭上的眼睛，更在此刻，緩緩的睜開了。

這一瞬間，少年H彷彿見到了那狹長的眼睛中，湧出鋪天蓋地的炙熱岩漿，而岩漿中更夾帶著千萬子民憤怒的吼叫。

天地，為之震動。

少年H知道，要反擊，也只剩下這短短的一剎那，只要那隻眼睛一睜開，濕婆曾經毀滅半個印度的「憤怒之火」就要降臨了。

「太極拳。」少年H雙手握拳，一上一下，陰陽相輔，太極拳勁如江水奔騰而出。

在這只有兩個座位寬度的狹窄空間裡，兩人各展神威，短距離交鋒。

只是太極拳勁才剛射出，卻在濕婆面前一公尺處，就完全潰散。

憤怒之眼尚未完全睜開，就將少年H的拳勁完全蒸發。

「好厲害，再來！」少年H眼見濕婆額頭上那隻眼睛，越睜越大，他知道自己的時間不多了。「太極劍氣。」

少年H捏了一個劍訣，化拳為指，雖然沒有真實的刀劍，其威力卻更加凌厲。

劍氣兵分兩路，一黑一白，分走陰陽極致，銳利無匹。

憤怒之眼閃爍了一下，紅光乍現。

兩道凌厲無比的黑白劍氣，在半公尺處，完全潰散在紅光之內。

「當真是寸土必爭啊。」少年H只覺得濕婆憤怒之眼的壓力越來越大，逼使他再度發動攻勢，而這次，更是他最強的一招。

一碗水。

只見他手上五色五行快速流轉，流轉出一枚黑白相間的太極圖騰。

圖騰，推出。

這招「一碗水」沒有前面拳勁的剛猛，也沒有劍氣的凌厲，卻在柔轉中夾帶著剛強，宛如洶湧無盡的海嘯，朝著濕婆鋪天蓋地而來。

這招，連原本閉著雙目的濕婆，都睜開了眼睛。

「不錯。」濕婆的簡單兩個字，代表的是地獄中極高的讚美。

然後一碗水，碰到了憤怒之眼。

柔軟的海，碰到了憤怒的太陽熱浪。

在客運公車上，僅僅一個座位的間隔，兩大高手正以彼此的真功夫較勁。

距離越短，戰鬥越險。

一公尺，八十公分，六十公分，四十公分……只見少年H雙手的太極圖騰，不斷往前推，轉眼已經推到了濕婆的胸膛之前。

「不錯。」濕婆淡淡一笑，憤怒之眼綻放紅色火焰。「但，也只是不錯而已。」

紅色火焰一閃即逝，竟讓少年H感到雙手宛如火焚，而同時間，一碗水柔軟的太極氣勁，竟被一點也不剩的完全蒸發。

砰！

少年H整個人往後撞上椅子的手把，口中更是噴出一口鮮血。

「好強。」少年H抹去嘴角鮮血。「這招，可是差點和曹操戰成平手的絕招哩，連這招都完全失效，神果然是神啊。」

神，果然是神啊。

「沒有了嗎？」濕婆的雙眼再度閉上，而他額頭上的憤怒之眼，已經睜開超過了八成。

「那換我了喔。」

憤怒之眼，此刻已經不只是即將爆發的火山了。

它像太陽，一顆失控的太陽，就要朝地球狂墜而下。

這一刻，別說是海水了，就連整個地球都要毀滅了。

憤怒之眼，睜開到了九成。

在眼中裡面，是翻湧滾燙的太陽岩漿，若是真讓它完全睜開，少年H的軀體與靈魂，肯定不用一秒就會完全蒸發殆盡。

在這個絕望的時刻，卻見到少年H臉上表情，依然冷靜。

「終於到這個時刻了嗎？」他閉上眼睛，流轉全身靈力，將一身純淨的黑白雙色靈波，全部往上提。

提到了胸口，喉嚨，最後，竟是停在他的唇邊。

在濕婆強大到足以吞噬天地的神壓之下，少年H將所有靈力集中到唇邊，又為了什麼呢？

「你放棄了嗎？張天師。」濕婆的聲音中，沒有半點輕蔑與威脅，反而帶著淡淡惆悵。

惆悵著，這個難得可以一戰的對手，終於要棄子投降了。

少年H嘴唇微微揚起。

這是笑。

溫柔的笑了。

憤怒之眼的縫隙開到了極限，熊熊滾燙的太陽就要降臨，少年H卻笑了。

微笑間，他張開了嘴巴。

所有的靈力都匯聚在他的舌尖，一個太極圖騰在舌尖隱約成形。

「將所有的靈力集中在這一句，是為了喊醒你。」少年H吸了一口氣，口中的太極圖形更是越來越清楚。

「哼，喊醒我？」濕婆眉頭鎖起，這個堪稱他進入地獄以來，最頑強的對手，少年H，究竟還有什麼絕招？

「我說啊……」少年H吸到了極致。「濕婆你知道，象神死前曾對我說什麼嗎？」

「象神？」

濕婆一愣。

因為這個全地獄中，唯一一個能讓這個破壞神愣住的名字。

更讓憤怒之眼的睜開速度，微微的停住。

然後，少年H鼓足的氣，從丹田衝了上來，當到達了喉嚨，舌頭也跟著動了，舌尖帶著那精純到極致的黑白靈波，衝了出來。

朝著濕婆的耳膜衝來。

「這是什麼招？你以為用聲音就傷得到我嗎？咦？」濕婆才出口，就發現自己略微有點暈眩。

這招的確傷不了他，但卻讓他暈眩，難道這才是少年H真正的目的嗎？

「這是你兒子，送你最後的禮物。」少年H說了這句話之後，仰頭往後倒去，因為這招實在太耗靈力了。「請好好收下啊，濕婆之神。」

當暈眩過去，濕婆再度睜開眼睛，他竟發現，坐在他面前的人，不再是來自中國的張天師。

眼前這人，扇耳，長鼻，臉上厚皮皺褶，是一張大象的動物之臉，更是濕婆熟悉無比的一張臉。

自己親生兒子的臉。

「象神……」濕婆眼中閃過一絲詫異。

象神看著濕婆，淡淡的微笑。

「你……」

「當時在大霧中，我用智慧之書，將少年H送回了他的夙願之地，這是我們的承諾，他答應讓我，再見您一面。」象神清朗的聲音迴盪。

濕婆認得，這的確是象神的聲音。

貨真價實，兒子的聲音。

「所以，張天師就幫你實現了這個願望？」濕婆說。

「呵。」象神微笑。「張天師答應幫我這個忙，實現的卻不是我的願望。」

「啊？」

「實現的，是您的願望啊。」

濕婆一愣。

「父親，謝謝您，您真正的願望，不是稱霸整個地獄遊戲，奪得嘆息之壁所保護的力量，而是見我。」

「我真正的願望？」濕婆閉上了眼睛，輕輕嘆息，又忍不住輕輕微笑。「原來如此啊。」

「是啊，就是這樣啊。」象神笑。「我會出現，是因為您的願望。」

「既然是我的願望，那我要提出最後一個要求。」

「什麼要求？」

「讓我這個不負責任的父親，抱一下吧。」

抱一下吧，兒子。

象神笑了，眼眶含淚的笑了。

他伸出了雙手，緊緊的抱住濕婆，這個擁有人神魔最強大破壞力的毀滅之神，在此刻，其實只是一個溫柔且充滿遺憾的父親。

對濕婆來說，這個象神，出生在他離家二十年的遠征時期，好不容易濕婆回家了，卻因為一時誤會，讓他誤以為象神是與雪山女神偷情的男子。

因此，憤怒之眼，毫不留情的摧毀了象神的頭顱。

當誤會被解開，充滿內疚的濕婆拔下大象的頭顱，裝在象神的脖子上，藉此挽救象神的性命。

也許是因為內疚，濕婆給了象神極大的權力，卻也因為內疚，讓他與這個大兒子，完全的疏離。

更因為內疚，讓他們從此變成一對連擁抱也沒有過的父子。

如今，濕婆擁抱了象神，簡短的胸膛相觸，卻彌補了失落千年的父子之情。

「父親，我有個請求……」象神的臉，不知道從什麼時候開始，變回了原本的模樣。

帥氣，英挺，還帶有點質樸，而且和濕婆有幾分神似。

連眼眶中的淚水，都一模一樣。

「兒子，說吧。」濕婆微笑間，感受到懷裡的象神，已經慢慢的消失，慢慢的透明……

這等待了千年的溫暖，竟是如此短暫。

「若神界還有輪迴，」象神的身影越來越淡，已經快要完全消失。「我還可以當你小孩嗎？」

「呵呵。」濕婆笑了，「當然，而且這次爸爸不會再這麼粗心囉。」

「嗯，我從來沒有怪過爸爸，真的，從來沒有。」象神也笑了，而他的身體也在此時，完全的消失，只剩下最後一抹微笑，彷彿在跟濕婆道別似的，留在空中，久久未散。

久久未散……

而當象神消失。

濕婆的眼前，再度出現了少年H的臉，他正微笑著看著濕婆。

而憤怒之眼，正停在完全睜開前的一瞬間。

毀滅地球的太陽沒有落下，但凌厲而狂暴的神壓，壓得少年H連呼吸都困難。

「喜歡我的偷襲嗎？濕婆。」少年H到這時候，卻仍帶著他充滿調皮的微笑。

「哈。」濕婆伸出了手，按住了少年H的額頭，「我懂了，我懂了，我懂為什麼聖佛和蚩尤都這麼看重你了。」

「嗯。」少年H感到濕婆炙熱的掌心，正在他額頭上燒著。

他不知道濕婆要幹嘛，畢竟要殺他少年H，濕婆根本不必用到手掌，只要憤怒之眼再打開一點，他就連皮帶骨一起蒸發了。

「我不會用憤怒之眼殺你了。」濕婆的聲音，透過灼熱的掌心，直接在少年H的腦中迴盪。

「呵，謝謝啦。」少年H微笑。

「而且還要送你一個禮物。」

「禮物？呃，別這麼多禮啦。」少年H感到額頭的溫度越來越高，他的腦袋快要裂開了。

他有預感，這份禮物，肯定難收。

「不過，也要看你有沒有那個能耐，可以收下這大禮了。」濕婆臉上的皺紋都皺在一起，露出一個古怪的笑容。

也許是終於完成了他內心的夙願，這笑容看起來少了分嚴肅，多了分輕鬆與俏皮。

「呃，別吧，我不習慣用腦袋收禮物，我……」少年H感到頭熱到快要爆炸，腦漿快要蒸熟了。

「別囉唆。」濕婆突然提氣大喝。「收下吧！」

同時間，少年H聽到雙耳嗡的一聲。

連帶的眼前一黑，完全喪失了意識。

昏迷在這台開往台北的公車上。

昏迷前，少年H腦海中莫名其妙的出現了一個背影。

雖然只是背影，但從寬大的T恤、紫白拖鞋，還有短褲頭來看，不難猜出這正是土地公本人。

然後，土地公轉過了頭，咧嘴一笑。

「怎麼樣，我說過，你會收到一份大禮，對吧。」

少年H尚未理解這句話的含意，直衝腦門的火燙，就完全將他給吞噬殆盡了。

新竹，清大夜市附近。

「欸，幹嘛突然傻笑啊？」一個眼睛細長的嫵媚美人，瞪著站在她旁邊的宅男。「蚩尤！」

「很好笑啊，九尾狐。」那宅男一邊笑，一邊大口吃完了章魚燒，這條夜市，他吃了少說也有三十個攤位了，要不是他妖力驚人，不然肚皮早就脹裂了。

「什麼好笑啦，跟人家說啦。」九尾狐跺腳。

「我剛剛雞婆，偷偷跟他恭喜一下啊。」

「所以，他真的沒死在濕婆手下？！」九尾狐美麗的臉龐上，又驚又喜。

「這小子福大命大，還當真給他逃過了。」土地公呵呵的笑著，「看來濕婆還回贈了一份大禮給他哩。」

「真的還是假的？那份大禮是……」

「我還不太確定，但我想應該和我猜的差不多了。」土地公說完的同時，也吃完了手上那盒章魚燒。「對了，我們這次的夜市美食巡迴之旅，應該也完成了吧。」

「是啊。」九尾狐疑惑的看著土地公。「所以？」

「所以……」土地公把章魚燒的盒子扔進垃圾桶，「吃飽了，我們該運動運動了。」

「喔？」九尾狐眼睛一亮。

「該運動囉。」土地公微笑，他身體的周圍出現一股銀灰色的可視靈波，洶湧而暴力。「不然會變胖的。」

「那我們該去哪呢？」

「去台北吧。」土地公微笑，「那裡，通往澎湖的路，就要現身了，我們怎麼可以錯過機會呢？」

「澎湖之路……夢幻之門要開了嗎？」九尾狐細長的眼睛睜得老大。「所以說，地獄遊戲的最後爭霸，就要上演了？」

「呵，天機不可洩漏啊。」土地公搖頭，但一身精純的灰色妖氣，卻無法控制的往外張狂了起來。

這是戰士面對浩瀚戰場時，興奮的悸動。
最後爭霸，就要上演了。

在距離台北陽明山與新竹，一個非常遙遠的地方。
甚至超越了重重的人間與地獄的障礙，穿過了一層、兩層，到第十層地獄的最深處，一座牆壁之前。
這座牆壁寬闊到無窮無盡，綿延到肉眼無法分辨的遠方。
這裡是嘆息之壁，從遠古以來，就被地獄喻為最後無法跨越的高牆。
如今，這道高牆前，一個嚴肅的男人再度降臨。
他穿著大大的斗篷，頭罩下只露出一雙堅毅的眼珠，從大雪中漫步而來。
直到，他在牆的前方停下了腳步。
「你比我想像中還要厲害嘛，皮卡丘。」那男人嘴角揚起，眼神往下看去。
他的眼神，最後停在這堵高牆的最下方。
這裡是一個洞。
一個深不見底，宛如透入地心最深處的洞。

「你在下面嗎？」男人蹲下身子，對著洞口喊著。「皮卡丘。」

只聽到這聲音在洞內迴盪傳遞，數十秒仍不停，直到微弱到聽不見為止，這洞究竟有多深啊？

終於，過了大概三分鐘，洞口傳回來一個微弱而尖銳的鼠叫。

「我在啊，老大……」那聲音這樣說著，「蒼蠅王！」

蒼蠅王，這穿著斗篷的男子，是權傾地獄的地下統治者，蒼蠅王？

只見那斗篷男子拿下了頭罩，露出裡面那張嚴肅剛直的臉龐，不是蒼蠅王是誰？

「怎麼樣？挖到嘆息之壁的底部了嗎？」蒼蠅王低沉的聲音問道。

「到了。」只聽到皮卡丘的聲音背後，還隱約傳來如水流般，嘩啦啦的聲音。「只是，有個問題……」

「什麼問題？」

「結界。」皮卡丘背後的水聲，又更大聲了。

這次不再嘩啦啦，而像是一條寬闊河流的浪濤聲。

「欸？」

「是結界！」皮卡丘的聲音陡然尖銳，「還是聖佛設下的結界啊！皮～卡～丘～！」

話剛說完，水聲化成轟隆巨響，已經完全掩蓋住了一切。

而同一時間，蒼蠅王見到洞底閃過一絲水光。

只是一瞬間，水光已經化成猛烈水柱，朝著洞口衝了出來。

這水柱來得好快，蒼蠅王往後一仰，驚險避過這條從地底湧出的水柱。

而水柱中，則可看見傷痕累累的皮卡丘，也一起在水柱中被沖了上來。

蒼蠅王手一伸，硬是穿過水柱，拉出了皮卡丘。

「聖佛？」看著那沖天水柱，蒼蠅王仰頭，嚴肅的臉上看不出半點喜怒。「這道牆，果然還有你在守護。」

只見蒼蠅王的背後，開始出現一大片紫色，緩緩蠕動的靈氣。

可視靈波！

「如今，地獄異象頻傳，極寒地獄的千年玄冰融解，汪洋地獄水位暴升，萬年建木葉枯，在這失衡的地獄中，聖佛，就算是你，力量也會受到影響。」蒼蠅王說完，雙手同時往前一推。

吼！

這一剎那，蒼蠅王的雙手消失了。

取而代之的，是暴湧出來的蒼蠅密雲。

蒼蠅密雲源源不絕，不顧沖出的水柱，不斷往洞口鑽入。

而且越鑽越深。

「找到了。」站在洞口的蒼蠅王，忽然笑了。「聖佛親手下的封印，已經破損大半。」

「然後，」蒼蠅王舉起空蕩蕩的左手手臂，低吼：「給我解開它吧，蒼蠅們。」

蒼蠅王的力量正面碰撞聖佛殘破的封印，竟讓這一大片荒原，微微震動起來。

「蒼蠅王老大……」皮卡丘全身是傷，牠睜著一雙大眼睛，看著這個融合了陰森妖氣與正直霸氣的男人，蒼蠅王。

「嗯？」蒼蠅王雄壯的背影，轉過半張臉。

「為什麼……為什麼……」皮卡丘仰著頭，「您要這麼執著這道牆？」

「因為你不知道，牆後面的祕密是什麼？」

「牆後的祕密？」

「牆後面，可是一股實現欲望的力量，連神都無法抗拒的力量啊。」蒼蠅王的臉，此刻不再剛直，反而透著一股扭曲妖氣。

「喔？」

「如今這股力量，更因為越來越多神魔的介入，」蒼蠅王越說，背後的紫色越來越深，已經深到如墨汁般濃烈。「通往夢幻的門，就要打開了啊。」

地獄遊戲，台北。

陽明山山腳。

阿努比斯與項羽的激戰，引發法咖啡以自身拯救陷入危險中的阿努比斯，卻也意外帶出一個大祕密。

女神，真的就在法咖啡的體內。

而且，隨著法咖啡重傷垂危，藏身在她體內的女神，也將隨之灰飛煙滅。

唯一的辦法，是強行將女神喚醒，而喚醒的辦法就是傳說中的「三聖器」。

只是三缺其二，最後一隻聖甲蟲，如今卻落在遙遠的新竹。

新竹的四個獵鬼小組成員，更不顧敵人設下重重陷阱，兵分四路朝台北前進，目的就只有一個，將「聖甲蟲」給送到女神身邊。

台北這頭，女神依然昏迷，而時間更從四小時，剩下不到兩小時。

只是在這個時候，眼鏡猴更發現，項羽和阿努比斯兩人的神情，都微微改變了。

「阿努比斯，你說，你的朋友會把最後一塊聖器送來，你知道要去哪裡等他嗎？」項羽握住了背部的昆吾刀，渾身的靈氣正在往外湧現。

「當然。」阿努比斯微微一笑，力量也不斷凝聚。「我怎麼可能忘記我們約定的地方。」

「喔？」

「當年的七日之會，新竹與台北分離的地點。」阿努比斯慢慢的說著，「那裡是台北火車站。」

「喔，我知道那地方，台北城的核心啊。」項羽也笑了，「那裡可是所有勢力的中心點啊。」

「可不是嗎？一個可以稱為整個台北最危險的地方啊。」阿努比斯微笑。「過去與現在的指標區域，台北火車站。」

「這樣才好玩。」項羽握住了背部昆吾刀的刀柄，笑容絲毫未減。「不過，要去台北火車站，你得小心他們啊。」

「我知道，而且為數還不少。」阿努比斯點頭。

「看樣子幕後黑手終於忍不住，亮出底牌了。」項羽看了看躺在阿努比斯懷中的法咖啡。「阿努比斯，女神交給你了。」

「嗯。」阿努比斯輕輕頷首。

看見阿努比斯這輕輕頷首的動作，眼鏡猴等人卻莫名的浮起了一股悸動。

因為這表示這兩大強者，必須要合作了。

這也表示，即將來臨的情況之猛烈，已經不是他們一人可以應付的。

這一句交給你了，更不知道包含了多少信任與肯定。

因為為了保護女神，肯定要經歷超乎想像的血戰。

然後，他們來了。

「約翰走路、村正、阿猊。」阿努比斯讓法咖啡躺在他寬闊的背上，眼中殺氣閃爍，嘴角卻慢慢揚起。「我們得保護女神，任務完成前，別讓自己先掛了啊。」

約翰走路握著獸化的蛋，笑了。

被項羽砍斷的村正，抖動兩下刀身，發出金屬摩擦似的笑聲。

而阿猊更噴出火焰，火焰中是狂妄的笑聲。

曾經橫掃一整層地獄，不留下一點活口的他們，來了。

「眼鏡猴、刺蝟女、團團、鬣狗。」項羽的刀，慢慢的從背部抽起，「我知道自己曾經糊塗過一陣子，身為團長，這是我最後一個命令。」

四天王同時望向項羽，這個斐尼斯最強的霸王，這個讓他們最相信的團長，這個讓他們相聚在一起的理由。

他們眼神，沒有半點猶豫，堅定而強悍的看著項羽。

「那就是活下去，我們台北火車站見。」

來了。

十萬的殭屍軍團，來了。

一瞬間，只是短短的一瞬間，這如驚天大浪般的殭屍軍團，就將眾人給完全淹沒。

身陷殭屍大軍中，阿努比斯背著法咖啡，手上的槍，轉換了形態。散彈槍。

「下雨吧，我的子彈。」阿努比斯扣下了扳機。

一大片的子彈之雨，立刻從槍口噴了出去。

眼前兇猛的殭屍群，立刻化成大團血肉。

只是殭屍太多，他們踩過同伴的血肉，繼續瘋狂的朝阿努比斯撲來。

阿努比斯再開一槍，又是一大團殭屍血肉分散。

但是死了一批，另一批又再度湧來，而且每湧來新的殭屍，他們身上的服飾就略有不同。

從本來的布衣，到藤甲，再到黑色鐵甲，甚至出現了綠色銅甲。

而且更令人擔憂的是，每次敵人服飾更換，阿努比斯的散彈槍所能對敵人造成的傷害程度，就會隨之降低。

當綠銅甲殭屍出現的同時，阿努比斯的散彈槍，甚至連一隻殭屍都殺不死。

「好傢伙，原來殭屍也有等級之分啊。」阿努比斯一手拋掉了散彈槍。

「吾等……銅甲屍，是千夫長。」銅甲屍說完，雙腿一蹬，完全沒有一般殭屍膝蓋不能彎曲的窘迫，反而如鬼怪般俐落迅捷。

只是銅甲屍雖然擋住了散彈槍，但當他衝到了阿努比斯面前，阿努比斯一笑，從懷中掏出另一把左輪，壓在銅甲屍的眉心。

砰的一聲。

若論單發子彈，左輪的威力豈是散彈槍能比。

銅甲屍的腦袋被轟去半邊，搖搖晃晃的眼看就要倒下。

「欸，在你成為一堆滋養大地的爛泥之前，我問你一個問題。」阿努比斯拿著左輪抵著銅甲屍另一邊沒有破爛的頭。「你在殭屍中，排什麼等級？」

「殭屍族中，最弱者為布衣屍，其次是伍夫長鐵甲屍、百夫長銅甲屍、千夫長銀甲屍，更上面則是金甲屍，整個殭屍族群裡面，金甲屍不過二十餘隻，是萬中選一的大殭屍……」

「所以只要幹掉這二十幾隻金甲屍，殭屍族群就沒有什麼好怕的？對吧？」

「不，金甲屍的上面，還有四個人，才是真正在殭屍族群的頂端。」

「哦？」阿努比斯聳了聳眉毛。

「戰國四將軍！他們才是真正的王啊！」銅甲屍突然尖叫，雙手爪子伸出，朝著阿努比斯撲了過來。

「傻。」阿努比斯扣下扳機，這隻銅甲屍僅存的半邊腦袋，也碎掉了。

銅甲屍砰一聲倒地。

阿努比斯吹了火燙槍管一口，然後慢慢的說著：「我想，這隻銅甲屍之所以會突然抓狂……是因為你的關係吧。」

「咯咯，你很聰明啊。」為數驚人的殭屍群中，一隻殭屍排眾而出，他一站定，所有的殭屍竟然都自動退開。

他身上的盔甲，是血鏽斑斑的金色。

「金甲屍？」阿努比斯扶了扶躺在背後的法咖啡。「我還以為來的人，會是更強一點的角色，像是四將軍之類的呢。」

「憑你？還不用請我們四大將軍出來。」金甲屍冷冷的笑著。

「這麼有自信？」

「你沒察覺嗎？」金甲屍陰惻惻的笑著，「攻擊你的殭屍特別多，特別源源不絕啊。」

「嗯。」阿努比斯看向四方，的確，他和夥伴已經被完全隔開了，而包圍他的殭屍數目之多，簡直可以用屍山屍海來形容。

「因為你背上的那個人啊。」金甲屍笑，雙手的指甲不斷往前伸長，發出濁臭的靈氣。「會幫你吸引整個殭屍族群的關愛啊。」

「哈，原來是這樣。」阿努比斯伸手，輕輕扶住昏迷的法咖啡，胡狼臉上，沒有半點恐懼。「原來你們幕後老大的目標是她，早說嘛，我可以把她……」

「喔？沒想到你這麼識相……」金甲屍一喜，才往前跨了一步。

忽然腦門一熱，左輪手槍的子彈射出，直接射中他的眉心。

「嘿，我看起來像是會交出朋友的人嗎？」

金甲屍搖晃了幾下，但卻沒有倒下，反而伸舌頭舔了舔從額頭流下的腦漿。

「阿努比斯啊，你可能不知道你惹到的是一個什麼種族吧。」金甲屍笑，臉上肌肉牽動著滿臉的腦漿。「我們可是殭屍族啊，連吸血鬼、狼人、龍，都會害怕的種族啊。」

說完，金甲屍忽然昂起頭，尖聲啼叫起來。

這聲啼叫，既尖且長，宛如深夜中勾魂的貓頭鷹夜啼。

阿努比斯忽然感到寒意，這份寒意來自四面八方的殭屍族群，他們的成員開始改變。

布衣殭屍已經消失，黑色鐵甲屍也退去，只剩下綠色的銅甲屍……還有幾隻帶著武器，威武的銀甲屍。

阿努比斯眉頭深深鎖了起來。

他並不是怕這群殭屍，就算四將軍親臨，他也有十成的把握可以把他們斃於槍底。

但他卻開始不安，若是殭屍的目標鎖定著女神，那在距離火車站這條長路上，肯定還有好幾場的硬仗要打。

他能在女神生命消失之前，把她送達目的地嗎？

而少年H是否也遇到相同的包圍，他能安全的把最後的聖寶石送到七日之會的地點嗎？

「呵。」阿努比斯昂起頭，短暫的消沉後霸氣再現，右手的綠色靈波不斷凝聚。「女神啊女神，我註定要為妳操心一輩子啊。」

「動手！」金甲屍尖啼，「把這傢伙變成我們明天早上的大便吧！」

這聲尖啼未絕，如海浪般的殭屍已經湧來。

越湧越近，阿努比斯右拳凝聚力量，嚴陣以待。

就在雙方要正面碰觸的時候，忽然一團驚人的火焰，從天而降。

殭屍懼火，被這突如其來的猛火一燒，登時亂了方寸，就算是銀甲屍也倉皇後退，整個殭屍大軍的前頭亂成一團。

見到這團火，阿努比斯忽然笑了。

「喔，你來啦。」

這團火不是別人，正是被阿努比斯收服的龍之九子之一，猊。

火焰化成一頭猛獅，回頭對阿努比斯咧嘴一笑。

「老大，這裡我來就好，你快點去火車站。」

「嗯。」阿努比斯看著眼前的火焰中，那些等級較高的殭屍已經站穩了步伐，再度執起武器，往這邊衝來。「你可以嗎？」

「當然啊，老大你忘了嗎？」猊笑著大吼，「我可是差點幹掉你的強者呢。」

說完，猊動了，化成一大團火焰，迎向嘶吼震天的金甲與銀甲屍。

「阿猊……」

「走啊！老大！」猊轟的一聲，撞向了殭屍族群，兩大力量登時纏鬥起來。「走啊，快走啊！」

阿努比斯深吸了一口氣，扶了扶背上依然昏迷的法咖啡，轉身朝山下奔去。

「阿猊……」阿努比斯越奔越快。

他知道自己必須快點將女神送往火車站，因為這才是唯一能解救所有夥伴的辦法。

所以他不能留。

他必須走。

阿猊，撐下去啊。

台北市。

邊戰邊走，邊打邊走，寬闊的台北市，阿努比斯透過各種交通方式，不斷的朝著台北火車站挺進。

只是一路上觸目所及，著實讓阿努比斯暗暗心驚。

因為整座城市，已經完全被殭屍大軍攻佔。

這群殭屍到底怎麼出現的？又何時出現的？

而殭屍恐怖的傳染性，讓越來越多玩家無可自拔的陷入殭屍化的現象，也讓殭屍的數目不斷激增。

等級較高的玩家，甚至可能變成鐵甲屍或銅甲屍。

「淪陷了。」阿努比斯一邊快速朝台北火車站挺進，一邊嘆氣。「殭屍族當真厲害，短短的一個晚上，就拿下了這座從沒被攻陷的大城。」

「不過，真正令人擔心的，卻不是這些只會摧毀的殭屍……而是，誰是他們的『腦』……是這個腦，讓他們展現如此高明的戰術。」阿努比斯心中暗暗擔憂著。「這腦，肯定不是普通人物。」

阿努比斯不斷往前推進，眼前的景色，已經從陽明山的清幽，逐漸壅塞了起來。快要進入市區了。

同時間，阿努比斯在已經完全癱瘓的馬路上，發現了一個金色的身影。

又是一隻金甲殭屍？

只見這隻金甲殭屍比上次顯得更加粗壯，手握長鞭，喝令著底下數千名殭屍來回走動著。

這千名殭屍究竟在做什麼？阿努比斯凝神一看。

「這是防禦工事嗎？」阿努比斯喃喃自語，眼前的畫面再度讓他吃了一驚。

只見原本寬闊的馬路，被數千名殭屍堆上了層層磚瓦，在台北城內，竟又築起另一道城牆。

一道防堵敵人進入台北車站的城牆。

「這些殭屍是怎麼回事？」阿努比斯沉吟，「我不記得殭屍這族群有這麼厲害啊？究竟是誰驅動他們的？」

那個「腦」到底是誰？

不過這不是阿努比斯現在該擔心的事，現在的他，該擔心的是，背著法咖啡的他，是否能穿過這層防禦？

而正當阿努比斯思考之際，忽然間，他發現自己腳下的影子，不對勁。

影子竟有四隻手！

四隻手？剩下兩隻手是誰的？

「可惡！」阿努比斯一驚，轉頭。

金色的。

另一隻金甲殭屍，竟已經站在阿努比斯的身後。

「阿努比斯，你難道以為同一個地方，不會同時出現兩隻金甲殭屍嗎？」這隻金甲殭屍身形瘦長，雙爪如電，已經按在阿努比斯的肩膀上。

血盆大口，從上而下，朝阿努比斯直罩了下來。

「你也太小看老子了吧！」正當阿努比斯怒極，要以靈氣化成獵槍的同時，一個聲音，阻止了他的憤怒。

「老大，這小嘍囉，不勞煩您動手啦。」

一道刀光，與迅疾到的聲音同步，險險擦過阿努比斯的側臉，然後釘入這隻金甲殭屍的腦門。

強大的刀勁，更讓金甲殭屍連退了數步。

砰一聲，金甲殭屍的背，撞入路邊民宅的牆壁中。

「如此刀光……村正，是你？」只見剩下半截的村正，將金甲殭屍釘入了牆壁之中，但金甲殭屍卻還未死去，發出難聽的慘嚎，雙手握住村正，試圖將它拔出。

金甲殭屍的拉力與村正往下貫的力量，一內一外，頓成僵局。

「我村正要不是被項羽給弄折，只剩下原來力量的三分之一，老早就把你腦袋攪爛了。」村正哼的一聲，不斷灌注力量到金甲殭屍的腦中。

因為它知道，一旦自己被拔出，恐怕就逮不到這隻金甲殭屍……

現在就看是金甲殭屍的腦袋先爛，還是村正被先拔出來了。

就在兩者陷入僵局的同時，另一個更大的危機已然降臨。

第二隻金甲殭屍，他發現阿努比斯了。

他粗壯的身軀意外輕盈，一躍而起，飛過高大的防禦工事，宛如一枚從天而降的金色砲彈，朝他們直衝而來。

「找死。」阿努比斯深呼吸，正要出手。

天空卻在此時，緩緩的飄來一把不該在這個大晴天出現的物體。

傘。

這把傘雖然飄得搖搖晃晃，卻剛好擋住了粗壯金甲殭屍的路線。

「傘？」肥壯的金甲殭屍詫異，拳頭一揮，狠狠地朝著大傘揍了下去。

拳勁強猛，把整把傘面整個打陷，只是奇怪的事情接踵而來。

因為當金甲殭屍收拳，卻發現圓弧形的傘面立刻恢復了原狀，竟一點事也沒有。

「這是什麼鬼東西？」肥壯金甲殭屍驚訝，往後一退，雙腳落地。

「這傘啊，」傘下面，出現了一個面容帥氣到令女孩瘋狂的男子，一身合身筆挺西裝，嘴裡叼著菸，笑容可掬。「算是為了台灣而生的寶貝喔。」

「嗯？」肥壯金甲殭屍雙手握拳，擺出戒慎架式。

「颱風吹不爛，暴雨打不歪，只有台灣才能創造出這種無堅不摧的『軟骨傘』！」男子單手放在胸口，彎腰鞠躬。「來自對岸的不速之客啊，嚐嚐我約翰走路的離散數學吧。」

這一剎那，肥壯的金甲殭屍發現他的周圍，沒有了光線。

數十把傘，宛如嗜血的巨大蝙蝠，密密麻麻的包圍了他。

「離散，數學？」肥壯的金甲殭屍醜臉皺了起來。

「攻擊！」約翰走路一吼。

所有的傘同時收傘，尖端旋轉，化成銳利的黑劍，一口氣貫向居中的肥壯金甲殭屍。

哀號聲中，肥壯金甲殭屍整個人埋入了傘堆之中。

「約翰走路……」阿努比斯看著這個突如其來，曾經誤入歧途，又曾經被自己所救的夥伴。

他，在這個時刻，替阿努比斯擋下了這隻難纏的殭屍怪物。

「老大……」約翰走路的臉，卻沒有轉過來，只是萬分戒慎的看著傘堆下的金甲殭屍。

「這裡，交給我們。」

「嗯。」

「我可以感覺到，這隻臭屍體還沒有被做掉，這波離散之傘的攻擊，並未對他造成足以致命的傷害。」

「約翰走路……」阿努比斯看著約翰走路，微微的深呼吸。

因為阿努比斯知道，這隻殭屍有多麼厲害，獨自留下約翰走路面對這頭猛獸，有多麼危險！

但阿努比斯畢竟是阿努比斯，他必須以大事為重。

殭屍群雖然可怕，但真正具有威脅性的，應該是「腦」。

沒有了腦，這群殭屍應該只是只會殺戮村莊的強壯怪物而已。

「老大，快走。」約翰走路看著眼前的傘堆，開始不安定的蠕動了起來，這表示裡面的怪物的怒氣正不斷累積，轉眼間就要施展猛烈反擊了。

「約翰走路、村正，這裡交給你們了。」阿努比斯轉身，背後的法咖啡依然沉睡，他毅然越過了高大的防禦工事，踏上了往台北車站的路。

看著阿努比斯離開的背影。

約翰走路微微一笑。

那是義無反顧的微笑。

「老大，身為夥伴，這樣說實在有點肉麻。」約翰走路眼前的傘堆，轟然一聲四下飛散，而裡頭肥壯金甲殭屍，夾著無比的憤怒衝了出來。「但，我真的要謝謝你，能遇到你這老大，我真的好幸運。」

金甲殭屍憤怒無比，他可是殭屍族群中的萬夫長，萬中之一的超級猛將啊，怎麼會被幾支破傘困住？

約翰走路依然微笑，看著金甲殭屍朝著自己狂奔而來。

暴力的步伐，讓大地都上下震動著。

約翰走路笑，右手用力一握，手上的「蛋」，破掉了。

這秒鐘他身體泛起了白光，這是獸化的證明。

而同一時間，肥壯金甲殭屍也到了，宛如燃火的公牛，撞向了約翰走路。

獸化的約翰走路，也同時蹲下，化成一頭猛犬，正面迎向這頭公牛。

兩人，硬撼。

生死的硬撼。

「欸。」

不遠處，村正刀崩的一聲，被另一隻高瘦的金甲殭屍給拔了出來。

飛舞的刀身，在空中不斷畫著燦爛美麗的圓形。

旋轉間，村正仍發出他招牌式的怪笑。

「約翰走路，把自己搞得這麼帥幹嘛？」村正輕浮的笑聲中，罕見的帶著與約翰走路相同的堅定。

村正旋轉停止，刀刃轉下，再度追向那隻高瘦的金甲殭屍。

高瘦金甲殭屍豈是省油的燈，雙手握住腰際，登時拔出兩把銳利的短刃峨眉刺。

峨眉刺，正是這隻殭屍橫掃戰場的武器。

一寸短一寸險，他擅長的是生死一瞬間的近距離格鬥。

「約翰走路，你真的很討厭欸，這樣我也只能跟你一起認真啦，咯咯。」村正的刀垂直落下。

與高瘦殭屍雙手的短刃峨眉刺，擦出驚心動魄的火花。

火花中，村正依然在笑。

「老大啊，咯咯，要去把法咖啡給救活啊，我對女神沒什麼好印象，但法咖啡可是一個好女孩哩。」

阿努比斯還在推進。

終於，台北火車站巨大且具有中國風味的建築，矗立在他的眼前。

阿努比斯深吸了一口氣，扶了扶背上沉睡的法咖啡，往前走去。

只是，他才踏了幾步。

腳步卻又停了下來。

殺氣。

阿努比斯皺眉。

一股殺氣，正如一股滔天巨浪，朝他直湧而來。

阿努比斯一定神，發現了殺氣的源頭。

火車站的東門下，一個男子盤腿坐著，他身上沒有金甲銀甲，只有一條條佈滿尖刺的荊棘。

荊棘的倒鉤，刺入他的肉中，有些傷口已經乾掉，有的卻還在流血。

周圍沒有半隻殭屍，台北火車站的大門何等重要，這男子竟然單槍匹馬守在這？

「這樣純正的殺氣，你絕對不是一般殭屍。」阿努比斯往前走去，一直走到這名荊棘男子的面前。「你就是殭屍軍團中的四大將軍？」

「沒錯。」這男子的眼睛緩緩的睜開，看向眼前這名身穿黑衣的阿努比斯，語氣極度謙遜。「吾乃四將軍之三，荊將軍，廉頗。」

「廉頗？」阿努比斯感到全身的肌肉，因為這男子而緊繃。

這是高手。

殭屍族群中的四大高手，若不論在地獄的事蹟，只論實力，似乎不在黑榜十六強之下……

……

「我要阻止您。」廉頗起身，精練的肌肉，微微鼓動著。

他沒有武器。

正是因為沒有武器，更讓阿努比斯心驚。

沒有武器，代表他全身上下都是武器。

「你在四將軍中，排行第幾？」阿努比斯蹲下，把法咖啡輕輕放下。

這樣的高手攔路，阿努比斯非親自出手不可了。

「我？」廉頗雙手擺出武鬥姿態。「第三。」

「你這樣……還只是第三啊？」阿努比斯淡淡苦笑，這表示，這傢伙上面，還有兩個更強的怪物啊。

然後，阿努比斯手一晃，手上的左輪手槍子彈已經射出。

沒有多餘的話語，沒有恫嚇的言辭，更沒有虛實的誘敵，只有實際的射擊。

因為阿努比斯知道，對頂級高手，所有的虛招都沒用。

只有子彈，是真實的。

但，阿努比斯沒料到的是，下一秒發生的事情，會比子彈更是真實重擊。

阿努比斯的下巴，陡然一頓，一個重到超乎想像的重擊，讓他整個人往後仰倒。

不能倒。

阿努比斯一個旋身，硬是抵消了這猛烈的一拳，但第二下重擊，跟著來了。中的是腰際。

這重擊來得又快又猛，讓在半空中旋身的阿努比斯，沒半點閃避空間。

整個人飛出了台北火車站的門外，直接撞上門外的人行天橋，還撞塌了半座樓梯。

「原來，你的重擊是這麼回事啊，真是有趣。」阿努比斯抹去嘴角血跡，從瓦礫中起身。

擺出武鬥姿態的廉頗，一笑。

「還能站起？您很不錯。」廉頗身上的肌肉扎實，左拳往前，那施展重擊的位置，展露無疑。

是手臂。

一條鍛鍊到比鐵還硬，比鋼還精壯的手臂。

「不過，真正有趣的，是你擋住我子彈的工具。」阿努比斯昂頭，注視著廉頗身上纏繞的荊棘。

荊棘盤根錯節，把廉頗身上刺出密密麻麻的血洞，但也是這層荊棘，宛如自動防禦系統，擋住了這發殺傷力極強的子彈。

「您說的是。」廉頗語氣依然帶著敬語，低頭看著那層層圍繞身體的荊棘。「當年我與藺相如負氣結怨，但為了趙國，我背上這層層的荊棘，故留下『負荊請罪』之名，沒想到死後，這層荊棘，也跟著化成靈力，裹住我的全身。」

「好一個負荊請罪……看樣子，我不打倒你，是過不了這一關的囉。」阿努比斯淡淡一笑，手上的靈力化成獵槍。

發著幽幽綠光的獵槍。

阿努比斯知道，就算知道到達火車站月台前還有許多場惡戰，可是面對廉頗如此強橫的對手，他仍必須拿出實力。

雙方蓄勢待發，就在台北火車站前。

只是這場硬仗卻沒有如期上演，因為廉頗表情微微改變，然後搖了搖頭。

「阿努比斯，他們……是您的朋友？」

阿努比斯慢慢的笑了。

「應該說，他們是我朋友的朋友。」阿努比斯手握獵槍，「對吧？斐尼斯的天王們。」

斐尼斯四天王。

廉頗的身後，不知何時多了上百隻的鬣狗，每隻都是齜牙咧嘴，發出如鬼哭的低嚎。

「阿努比斯，過去吧。」鬣狗中，走出了那個少了手臂的戴眼鏡男子，毋庸置疑，他是眼鏡猴。「這裡有我們四個。」

阿努比斯的背後，同時傳來一個溫柔的女音，她是刺蝟女。「沒錯，夜王，快過去吧。」

「過去吧，你背後的法咖啡，正等你救呢。」最後一個現身的，是巨大的壯男，團團。

「能救美，才能當真英雄囉。」

「呵。」阿努比斯收起了槍，對眼鏡猴等人點了點頭。「我欠你們一次。」

「別這麼說。」眼鏡猴一笑，「雖然我老覺得你是一個驕傲的自大狂，但是你為了救自己的夥伴，從台北車站殺到陽明山，再從陽明山殺回火車站這件事……坦白說，還蠻屌的。」

「是啊，有肩膀的男生最受歡迎啦。」刺蝟女豎起大拇指。

「是嗎？」阿努比斯背起了法咖啡，往前走去。

經過廉頗的時候，他沒有動手，卻說了一句話。

「前方是王翦。」

「嗯？」

「他與我和李牧不同，善詭謀，請您小心。」廉頗頭也不轉的說。

「啊？為什麼……」

「就算殭屍，也有善惡。」廉頗嘴角揚起一個不易察覺的苦笑。「這是趙將與秦將的不同。」

「嗯……」

「快去吧。」廉頗往前踏了一大步，身上的荊棘張牙舞爪，肌肉更是閃爍危險的光芒。

「廉頗啊廉頗，若非我們是敵人，不然我肯定交你這個朋友。」阿努比斯微微的停下腳步，然後轉頭，快步衝向了台北火車站的深處。

而當阿努比斯越奔越遠。

廉頗看著眼前的斐尼斯四天王，他淡淡的笑了。

這笑容，竟讓這縱橫陽明山上的四大天王，同時感到一陣戰慄。

「坦白說，我沒有把握，您們四個人……」廉頗的拳頭握得極緊，「會活著離開這裡。」

「哈。」眼鏡猴笑了一聲後，表情不變。「動手啊，兄弟姊妹們！」

這一剎那，火車站的門前。

數百隻鬣狗同時躍起，而密密麻麻的刺蝟黑針漫天飛舞，其中更夾著團團沉重身軀的滾動聲。

以及眼鏡猴，他快速裝設機器的身影。

「誰死誰活，」眼鏡猴的手，已經快到看不見了，手下一台奇形怪狀的機體，卻在他手下快速成形。「還不知道呢。」

阿努比斯踏進了台北火車站。

這裡，地板亮麗中難掩歲月的斑黃，空氣因為空調而微冷，阿努比斯一身大黑衣站在火車站的中央。

他的眼睛看向某處。

手扶梯。

因為台北火車站的月台，都在地下樓層，而到達地下樓層的唯一辦法，就是這裡，手扶梯。

阿努比斯皺眉，踏上了第一階手扶梯。

他會猶豫，不是沒有原因的。

因為像是手扶梯這種既狹窄又單純的路徑，就如同古老戰場上一種名為「峽谷」的地形一樣。

這是死地。

走入峽谷，極易遭遇致命偷襲，更有全軍覆沒之虞，故兵書曰「死地」。

只是，阿努比斯別無選擇，腳步往下，隨著腳底階梯的往下移動，阿努比斯已經完全進入了階梯之中。

然後，手扶梯的下方，一張醜惡的臉已然現身。

金甲殭屍。

這隻金甲殭屍顯然死於難以想像的瘋狂血戰，他沒有左肩，胸膛只剩三分之一，連那張臉，都已經分不出哪裡是眼睛，哪裡又是鼻子。

殭屍已經夠醜了。

這隻金甲殭屍更是醜中的佼佼者。

阿努比斯不喜歡這隻殭屍，因為他知道，通常死得越慘的傢伙，到了地獄，往往強得可怕。

這名金甲殭屍雖殘，速度卻快得詭異，他雙手雙腳並用，宛如爬地蜘蛛，瞬間就到了阿努比斯的面前。

子彈，已經射出。

噗的一聲，混著濃血與屍水，子彈埋入了金甲殭屍的胸膛。

「中彈，彈中的靈力很快就會淨化你。」阿努比斯的喜悅只持續了零點一秒，因為下一秒，他看見了一種絕無僅有的防禦法。

這隻金甲殭屍竟用用自己枯乾的大手，挖掉了子彈周圍的肉。

又是噗的一聲，這次，是金甲殭屍扔掉肉團，落地的聲音。

而同一時間，金甲殭屍又往上爬行了十幾階，已經越來越逼近阿努比斯了。

「這麼狠？」阿努比斯手上的獵槍槍口扭曲了幾下，接下來竟像是突然爆開的花簇。

爆出十幾根槍口。

「那，我得比你更狠才行。」阿努比斯微微一笑，手指壓下。

手扶梯這一刻，完全陷入硝煙與火光中。

硝煙散去，金甲殭屍還在前進，但也只剩下一顆頭。

頭在手扶梯上跳著，最後一口咬住了阿努比斯的腳踝。

阿努比斯腳痛之餘，更感到一陣麻感，這一秒他將槍口倒轉朝下。

「牙齒有毒？」

子彈射出，把這隻金甲殭屍的頭，瞬間轟爆。

但同時間，阿努比斯發現，腳踝的痲感快速上延，已經到了大腿。

阿努比斯咬牙，正要以靈力將殭屍之毒給逼退，奇變再起。

一隻手，一隻比正常殭屍更豐潤，更像人手的大手，已經按住了阿努比斯的背部。

「還有埋伏？」阿努比斯吃驚，這伏擊的時機未免抓得太準，更可怕的是，這隻金甲殭屍這麼厲害……竟然只是這場埋伏的「誘餌」而已？

那表示，埋伏的主打手，等級更高。

「老夫，乃是四將軍中的老二。」殭屍大手的主人，聲音宛如生人。「王翦。」

「你以為你佈下埋伏，就殺得了我嗎？」阿努比斯大吼。

正要舉槍回擊，但那隻手的速度更快。

「是的，老夫不一定殺得了你。」那王翦傳來呵呵笑聲。「但我要阻止你，可不一定要殺你啊。」

可不一定殺我？

那要殺誰？

還能殺誰？

一股巨力，把阿努比斯往前推去，讓阿努比斯往手扶梯的下方滾落。

這一滾落，阿努比斯只花了兩步，就站穩腳跟，同時間，他突然感到背脊發涼。

真正的背脊發涼。

因為他發現，背部輕了。

原本來自纖細女孩的重量，消失了。

阿努比斯咬牙回頭。

手扶梯上，那名王翦殭屍，留著及胸的長鬍鬚，臉色紅潤，雖沒有殭屍的殘破與陰森，卻多了一種古怪的不協調感。

更重要的，是他雙手抱的那個人。

「女神！」阿努比斯這一剎那，再度發出嘶吼，手上的槍瞬間成形，再瞬間射出子彈。

「子彈？」王翦完全沒有閃避，只是把法咖啡往前送，剛好擋在子彈的路徑上。「你得射準一點啊，不然你就成為殺神的罪人囉。」

子彈逼近了法咖啡。

阿努比斯只能嘆氣，槍管一抬高，操縱靈彈脫離了本來的彈道，射中了台北車站的天花板。

撲簌簌的灰塵落下，阿努比斯咬牙，收起了槍。「王翦，說，你要什麼？」

女神在王翦手上，就算阿努比斯再怎麼霸傲，也不得不屈服。

不過，就算是屈服，也肯定是暫時的。

王翦一笑。「老夫要命。」

「命？」

「一條是你的命，另一條，當然是親愛的……」王翦摸著自己的白髯鬍，慈祥的笑著。

「女神。」

「殺神，就算是群魔亂舞的地獄，也是大事。」阿努比斯的身形，正隨著手扶梯後退。

「你確定要這樣做？」

而他的手，正緊緊握住了手扶梯的紅色把手。

不知道是不是因為憤怒或緊張，手心竟微微顫抖著。

「呵呵。」王翦呵呵的笑著，慈祥的笑容後面，卻是比誰都惡毒的念頭。「當然，地獄越亂，死人就越多，殭屍也越多……難道你不知道，若非地獄倫常異變，我們殭屍不會輕易從大地中甦醒嗎？我們，就是為了亂世而生的種族啊。」

「好大的野心。」阿努比斯的手依舊顫抖著，只是他的掌心離開了手扶梯的手把。「但你最好問問自己，是否能活著離開這裡吧。」

阿努比斯的掌心，多了一個東西。

綠色的，枝葉茂密的東西。

這東西，延伸到了手扶梯的把手上。

「植物？」王翦白眉深深皺起，同時間，他感到背脊有種怪異的感覺。

他的腦後，一朵巨大的黑褐色花苞，正慢慢的蜿蜒升起。

王翦眼睛大睜，猛一轉頭，就見到這朵黑色花苞。

開花了。

每一片花瓣上都佈滿野獸的利齒，中央花蕊還是不斷抖動的粗大舌頭。

「吃了他。」阿努比斯右手拳頭用力一握，「飢餓的豬籠草。」

這一刻，花瓣闔了起來。

把王翦的頭整個含住，殘忍的闔了起來。

暴力的食肉植物豬籠草，正緊緊的咬住王翦的頭，只看得見他的脖子正不斷扭動著。

而這一秒，阿努比斯的腳用力往下一蹬，他一口氣跳過了數十階的手扶階梯。

宛如夜鷹撲下，一把扶住了法咖啡。

「女神……」阿努比斯單手托住法咖啡的纖腰，雖然動作迅疾，卻非常的嚴守禮分。

這是一種帶著距離感的嚴守禮分。

當阿努比斯搶回法咖啡，反敗為勝的這個時刻，卻看見法咖啡的身體動了兩下。

不安。

就算陷入深沉的昏迷，女神本體的力量，依然會對危險感到不安。

因為，她是女神，地獄古往今來最強數人之一。

「怎麼？」阿努比斯仰起頭，直覺的往王翦方向看去，因為若有所謂的危險，肯定是從這人身上發起。

而當阿努比斯抬頭，他才發現，自己當真是太輕敵了。

真的是太輕敵了。

因為，他的面前，哪裡還有那株巨大豬籠草？

他的眼前，是一大片被剪得粉碎的植物殘渣，還有一個帶著詭異笑容的長鬚男子。

「阿努比斯啊，老夫貴為四大將軍之一，當年最後率秦軍破楚敗趙，一統天下，更以心機智計，在暴君手下全身而退，以我的計謀和力量，怎麼可能會被這一株小草給打敗？」王翦手往前伸，呵呵的笑著，同時間，他將手筆直前伸。

王翦的手握拳，拳背上，靈氣匯聚出的一把「弩」，對準了阿努比斯。

「弩？」阿努比斯腳步微微後退，但才退一步，他就猛然止步。

因為他察覺到了一件事。

他的周圍，上百枝弩箭正發出猛烈殺氣，正對著自己。

「人們常說，秦朝統一天下靠的是兵強馬壯，事實上，秦朝的軍事科技才是真正橫掃六國的祕密。」王翦笑著，手上的弩箭箭頭滲著鋒銳的光芒。「弩，就是秦祕密武器，靠著威力強大的弩，我們能射得比弓更遠，威力更強，大型的弩弓，更能直接射穿城牆，拆除敵國的防禦工事。」

阿努比斯抱著法咖啡，他感到自己背後開始冒起冷汗。

他現在站的位置，就是這百來支弩弓的中心。

所以這位置是陷阱？

王翦一開始就算準他會衝上來抱住法咖啡嗎？

好一個善詭謀的中國古武將啊。

「親愛的阿努比斯啊。」王翦呵呵的笑著笑著，笑聲突然停了，取而代之的，是低沉而陰冷的語調。「受死吧。」

這一剎那，阿努比斯感覺到隱藏在周圍所有的弩箭，都離了弦。

離弦。

箭發。

「吼。」阿努比斯仰頭嘶吼，同時全身的綠光湧現，化成他能展現的最強防禦，一口氣包住他與法咖啡。

「未夠班，未夠班啊。」王翦冷冷的說。「老夫為了捕你這隻大野獸，傾全力佈下的弩陣，哪裡是你倉促之間就能擋住的？」

此時台北火車站的手扶梯上，綠光綻放，數百枝弩箭橫空飛行。

只見弩箭紛紛射入綠光中，卻在綠光裡面越飛越慢，在逼近阿努比斯十公分處，驚險的停住了。

只是雖說停住，百來枝弩箭的尖端卻仍微微的顫動著。

彷彿暫時被繩索套住的凶獸，隨時要破繩而出。

「綠光為了要包圍住我和女神，所以面積增大，導致靈波的密度變低，遲早會擋不住的……」身在綠光中的阿努比斯，看著周圍的弩箭，他搖了搖頭。「如果要完全抵禦這百來枝弩箭，此刻的唯一辦法，就是縮小綠光面積……」

面對這百來枝如同猛獸般飢渴的弩箭。

阿努比斯忽然笑了。

「女神啊。」阿努比斯低頭，看著懷中的法咖啡。「沒想到，當年的事件，又要再次重演了啊。」

說完，阿努比斯閉上眼睛。

綠光的面積陡然縮小。

全部，都縮到了法咖啡的周圍。

是的，這表示阿努比斯的身邊，已經完全沒有綠光保護。

他赤裸裸的暴露在百來枝弩箭的下方了。

他，赤裸裸的站在死神的下方了。

「阿努比斯。」王翦搖頭，輕輕的嘆氣。「你這麼傻，老夫也幫不了你了，呵呵。」

下一刻，弩箭沒有了綠光的束縛，動了。

雷霆萬鈞的動了。

台北，陽明山。

「為女人犧牲啊。」阿猊火焰陡然脹大，在牠腳下的是至少疊了三層樓高的焦黑殭屍屍體。

在牠面前的，卻是遠比三層樓還要多上百倍的殭屍群。

只見牠彷彿感覺到了什麼，在百來隻狂奔而來的殭屍前方，牠笑了。

「不愧是老大呢，要當妖怪與神魔，就是要這種氣魄啊。」

台北，街頭。

村正此刻被金甲殭屍的兩隻手給彎成了半月形，只差一步就要被折斷。

但村正仍笑了出來。

「咯咯咯咯，為女人犧牲？」村正笑，「老大你好色啊。」

笑聲中，村正的刀身陡然轉動。

鋒利的刀鋒轉動半圈，竟扭轉頹勢，硬是削下金甲殭屍左右手的兩根指頭。

「咯咯咯咯咯咯。」村正還在笑，「老大都色得這麼精彩了，我怎麼可以輸你呢。」

另一頭，漫天飄散的雨傘中。

兩個巨大的獸影，還在僵持著。

宛如金色公牛的金甲殭屍，已經開始慢慢的後退。

捏破了蛋，找回真正力量的約翰走路，此刻變成了一頭巨大雄偉的黑色大犬。

柴犬，擁有一身美麗毛色的黑色柴犬。

「老大。」約翰走路昂著頭，表情嚴肅。「法咖啡，就交給您了。」

只是無論是村正或是約翰走路，都沒有因為眼前的優勢而感到任何的喜悅。

因為他們發現，更遠處，越來越多的殭屍靠了過來。

其中，更有兩道金色的影子在逼近。

還有金甲殭屍？

「殭屍族這次真是傾巢而出啦。」村正咯咯的笑著。「咯咯，約翰走路，我們得加把勁，才能活下去了。」

「汪，你怕？」約翰走路汪了一聲。

「咯咯，我怕？說什麼笑話！」村正快速舞動著，「我是擔心你怕啊。」

同時間，金甲殭屍又來了。

另一場死戰，再度展開。

台北火車站，門口。

這裡，有四個人躺在地上，只有一個人盤腿坐著。

這個坐著的人，裸著上身，精壯的肌肉映著日光，發出古銅色光芒。

廉頗。

他是這場戰役中的絕對贏家。

而倒在地上的，身軀巨大如球的是團團，長毛凌亂的是鬣狗，身材纖細的是刺蝟女，還有雖然用了機器，但還是慘敗的男人，眼鏡猴。

只是廉頗的手下卻都留了情，斐尼斯四天王雖然重傷，卻沒有性命之虞。

「阿努比斯。」廉頗眼睛閉著，他同樣感受到台北火車站內部戰況的突變。「了不起。」

「了不起？」眼鏡猴躺在地上，苦笑。「我有沒有聽錯，你在稱讚敵人？」

「當然。」廉頗淡然一笑，「我與李牧隸屬於趙國，都不是好殺之徒，只可惜阿努比斯仍必須面對秦國的兩名猛將。」

「那他……還有勝算嗎？」

「……」

「你不知道？」

「不是不知道。」廉頗仰起頭，他感受著火車站內部的變化。「只是不敢相信。」

「啊？不敢相信？」

「事情，竟會如此發展。」

「啊？」

「死了。死得屍骨無存。」廉頗說完，嘴角浮現一個古怪笑容。「最後，死得屍骨無存的，竟是王翦啊。」

台北火車站，手扶梯上。

綠色靈波全數收攏，匯聚出一顆沒有半點瑕疵的球體。

球體中央，正是法咖啡。

而環抱法咖啡那雙手的主人，阿努比斯，卻沒有半點保護的，暴露在數百枝弩箭下。

弩箭，如野獸之牙。

能在剎那間，將阿努比斯扯成血肉模糊的碎片。

噗！噗！噗！一把一把箭射入阿努比斯的背部、身體、手臂，引來一陣又一陣的鮮血噴泉。

這弩箭設計不只穿透力驚人，更能殘忍的對敵人實施放血的動作，不只傷敵而已，更要卸盡敵人所有的生命力。

然後，阿努比斯發現他懷中的女孩，長長的眼睫毛，動了幾下。

「女神……」阿努比斯微微吃驚，照理說，女神不該甦醒……長睫毛動了動。

接著，驚人的是，阿努比斯看到了自己的倒影。

就在法咖啡的眼珠瞳孔中，阿努比斯看到了自己的倒影。

這不就表示……

「眼睛睜開了……女神不該提早甦醒……沒有聖器保護下……一旦提早甦醒……」阿努比斯愕然，甚至忘記了在他背上，不斷插落的弩箭。

一把一把弩箭，染濕了他的黑色披風。

法咖啡的眼睛已經睜開了。

然後，她纖細的手，在這片弩箭如雨的血腥戰場中，伸出了綠色靈波構成的圓形防護體。

摸著阿努比斯的臉。

她的眼神，好溫柔。

溫柔到，這一秒鐘，阿努比斯甚至分不出，這究竟是純淨冷酷的女神之眼？還是聰明細膩的法咖啡之眼……

這隻手，摸過了阿努比斯的臉，然後纖細的掌心慢慢翻出。

掌心裡面，是一張圖。

圖騰中，是一座高塔，高塔上烏雲密佈，烏雲中透著不祥的光芒。

光芒匯聚，匯聚出一道突如其來，詛咒般的雷。

「死者之書中的高塔牌？」阿努比斯與埃及女神的淵源何等深厚，一見這牌，立刻明白其中含意。

這張牌象徵的「意外災難」，絕對無法閃避的意外災難。

女神打出了這張牌……所以……

阿努比斯猛然抬頭，他看向王翦。

這個志得意滿，深信自己已經拿下阿努比斯性命的殭屍大將軍。

此刻，表情扭曲。

因為一把亂彈的弩箭，讓他退了一步，而這一步，竟讓他踩中某個沒公德心乘客傾倒的飲料。

腳滑了一下。

這一滑，讓他的白色長鬍子其中幾根，卡在手扶梯的手把縫隙裡。

「這……」王翦表情扭曲，以他殭屍大將軍的尊嚴，怎麼可能愚蠢到被一堆飲料給弄到腳滑，更扯的是，他的鬍子還被扯到？

阿努比斯沒有動，只是靜靜看著王翦眼前的狀況，他正帶著憤怒而困惑的表情，伸出手猛拉自己的鬍子。

阿努比斯不動手，是因為他比誰都清楚這張「高塔牌」的威力。

它絕對不是最有毀滅能力的一張牌，它沒有「力量」的絕對威力，更沒有「戰車」的絕對高速，或是「女祭司」的絕對防禦。

它就是意外。

讓人輸得牙發癢，輸到不甘心的一張意外之牌。

然後，地板開始震動。

阿努比斯微微的側過頭，這震動的聲音越來越大，越來越響，正朝著他們急湧而來。

「怎麼？」王翦拉鬍子的動作停了，仰起頭，他也發現了這怪異的聲音。

只是下一秒，他就明白，這聲音究竟是什麼了！

「太扯了，真是太扯了。」王翦的眼睛睜得好大，好大，而他的大眼睛中，倒映出的正是這聲音的元兇。

那是一列火車。

一列橫躺的火車，以甩尾的高速，朝著他的方向而來。

「老夫，不服！這真是太扯了啊。」王翦嘶吼間，用力把鬍子從手扶梯的縫隙中，扯了出來。

但，就因為這零點一秒的延遲。

火車巨大的車廂，已經掃中了王翦。

連同漫天的弩箭，一整座手扶梯，還有方圓百尺內所有的建築物體，全部掃成平地。

台北火車站，這個地下一樓，算是毀了一半。

這慘烈的廢墟中，只有一個人站著。

他是阿努比斯，抱著法咖啡的黑衣男子，奇蹟般的毫髮無傷。

「死者之書，是由二十二張『絕對』之牌所組成，其力量皆是絕對。」阿努比斯苦笑，「連『意外』這樣的能力，都是無法抗拒的。」

然後，他低下頭，看著再度閉上眼睛的法咖啡。

此刻的法咖啡臉色慘白到極致，渾身冒著冷汗，生命力流失的速度，快得嚇人。

「唉，女神尚未甦醒……就強行發動死者之書的能力，恐怕會讓原本就垂危的生命，更加的危險……生命，恐怕已經不到五分鐘了。」阿努比斯語氣擔憂，又重重的嘆了一口氣。

「只是……這不像是女神的作風啊，難道……難道……這與法咖啡有關？」

做出賭上自己生命，來營救阿努比斯的人……究竟是女神？還是法咖啡的意志？

只是法咖啡她……一旦女神復活，法咖啡她的意志……恐怕……

此刻的阿努比斯看著懷中這昏迷的傻女孩，竟有些迷惘起來。

法咖啡當真對自己很好，很好……這樣好的女孩……

只是，阿努比斯的迷惘並沒有辦法持續太久，因為火車底下，一隻蒼老的手，硬是伸了出來。

「老夫王翦……」那隻手的主人，從火車中慢慢爬出來，原本雍容華貴，紅光滿面的面容，此刻被火車壓到只剩下半邊，兩隻眼珠、鼻子，還有耳朵，全部都擠到這半邊臉來。

他是王翦，被一張高塔牌，弄得半死不活的殭屍四將軍之一。

「老夫從戰國到現代，不知道經歷了多少戰役，從來沒遇過這麼扯的輸法……老夫不服！不服！」王翦憤怒地把殘餘的身體，從火車下頭不斷擠了出來。

不愧是殭屍，果然擁有傲人的生命力。

「那張牌是高塔。」阿努比斯淡淡一笑，「恐怕沒那麼簡單結束喔。你要不服氣，再等一下吧。」

「什麼？」王翦已經半毀的臉，露出了驚恐的表情。

然後，他好不容易才擠出來的半顆頭就砰的一聲，被一個沉重的金屬物體砸中。

王翦腦漿噴射，金屬物體露出了它的真面目。

門，這是火車的門啊。

只見火車門被一腳踹開，一名身材曼妙但儀態高雅女子，輕盈的從火車中跳了下來。

她這一腳，踩在剛落地火車門上，阿努比斯眉頭一皺，因為他好像隱約聽到火車門下，王翦哀號了一聲。

「幹嘛一看到我就皺眉，不歡迎我？」這女子有著一頭俐落的黑髮，笑起來眼睛彎成弦月，好一個迷人的美女。「阿努比斯。」

「我阿努比斯怎麼敢不歡迎老朋友？」阿努比斯的嘴角，揚起一個自己都沒察覺的微笑，這是遇到老友的笑容。「貓女。」

眼前這個搭著恐怖列車而來的美麗女子，正是地獄中名聲響亮的暗殺女王。

她到了，逆殺最骯髒的死敵「劉禪」，她傷痕累累的到了。

只是當貓女踩過了車門，底下卻伸出了一隻傷痕累累的大手，一把握住了她的腳踝。

這大手，當然是殭屍大將軍王翦。

他從生到死，從統領大軍到變成一代殭屍霸主，從來沒有受過這樣的屈辱，所以他憤怒。

更讓他就算要粉身碎骨，也要拖一個人下水。

「這傢伙……」貓女的腳拔了一下，卻被王翦以垂死的力量緊緊抓著，竟掙脫不開。

「就算我死，我也要……」王翦聲音尖銳，手臂不斷用力，他要放出所有的屍毒。

從戰國時期，累積長達千年的萬惡屍毒。

砰！

可是，王翦的這句話沒有說完，一如他手上的毒尚未催動，竟被一雙結實強壯的大腳，給一口氣踩爛。

這雙大腳的主人，從天而降，砰的一聲巨響，就這樣落在貓女的面前。

「你來啦。」貓女淡然一笑，「狼人T。」

「是啊。」狼人T低頭看著自己的腳底，搔了搔頭。「我踩到什麼了嗎？」

「沒有。」貓女腳輕輕一甩，把王翦全身上下僅存的那隻手腕一腳踢開。「不過是一條蟲而已……」

「一條小蟲？」狼人T看了看腳底，又看了看貓女，「貓女，妳傷得很重喔。」

「嗯？你怎麼知道？」貓女看著狼人T，眉頭微蹙。

「以前的妳，別說要抓住妳的腳，可能還沒碰到妳，就被妳切成七、八十段了，哈哈，看樣子，妳也傷得很重。」狼人T爽朗的笑著。

「還敢說我，你不也是？」貓女哼的一聲，「光看你的毛色就知道，以前又硬又亮到令人討厭的狼毛，現在呢？又濕又軟，活像一隻落湯狗！」

狼人T抖了抖這身濕毛，卻依然不減豪邁。

「這有什麼關係，老子可是遇到了一個好對手，更是打了一場好架，這場架老子會記住，排得上我狼人幹架排行榜的前十名。」

「打架打架，你們英國出生的，就是不像我們埃及這樣的文雅……」貓女搖頭，這時她游目四顧。「只有我們到嗎？阿努比斯。」

「是的。」阿努比斯抱著法咖啡，點了點頭。

然後，貓女的眼神，從阿努比斯臉上移開，轉向了他懷中的少女。

「是她？」貓女瞇起眼睛。

「是。」

「她一直在你身邊，但你卻沒有發現？」

「呵。」阿努比斯淡然一笑，這笑容中少了霸者之氣，反而溫柔而複雜。「神祕，不就是她一貫的風格嗎？」

「呵，愛情也是這樣啊，一直在你身邊，卻始終沒發現。」貓女輕輕的笑了。

「嘿。」阿努比斯搖了搖頭。

「現在，就等最後兩名隊員歸隊。」貓女伸出手，「伊希斯，不，女神……就能夠復活了。」

不過，也就在這個時候……

空氣中傳來一聲陰沉的怒吼。

「放屁！」

「放屁？」狼人T才轉過頭，一隻手就陡然從空中出現，壓住了他的臉。

「變成殭屍吧。」那隻手的主人，發出陰冷的笑。

但他的手，比他的笑聲更寒冷。

「狼人T！」所有人尖叫間，有一個人動了。

她腳尖躡起，化作一道銳利的桃紅色光芒，纏住了這隻手的主人。

「貓女？」那手的主人低吼，在貓女的猛攻下，手掌停止對狼人T施壓。

而狼人T也趁勢雙爪一揮，避開了這冰冷的手掌。

「嘿，狼人T你說我重傷？你也差不多嘛。」桃紅色光芒中，貓女綻放調皮笑容。

「哼。」狼人T沒有像往常一樣，回吐貓女的槽，因為他仍感到發冷。

因為這敵人的手。

這種冰冷，竟然讓他徹底的冷到了骨子裡。

「這到底是什麼？」狼人T喃喃自語。「彷彿整個靈魂都要被冷凍似的冰冷。」

「這叫做抽魂換屍。」遠方，一個女子的聲音說道，「這是殭屍族之王的絕招，能夠將生靈瞬間換成殭屍，殭屍不但保留原來的力量，而且會對自己百分之百的效忠。」

這女子不是別人，正是第三名獵鬼小組的成員，博學經驗老到的強者，吸血鬼女。

「殭屍之王？」狼人T轉頭問。

「沒錯，他，正是殭屍之王白起。」

白起，坑殺三百萬趙軍的惡鬼將軍？生前殺了太多人，死後竟練成如此妖異的能力。

只見白起和貓女糾纏瞬間分開。

貓女握著自己的手，呼呼的喘氣，而反觀白起，則是好整以暇，睥睨著眾人。

「哼，如果我沒受傷，」貓女臉色慘白，顯然落了下風。「我不會輸你。」

「我也想知道答案。」白起在這已經半殘破的台北車站，找了一塊石頭坐下，意態悠閒。「但很不幸的是，現在不僅妳不是我的對手，就算找狼人T和吸血鬼女聯手，都未必能敗我，你們都傷得太重了，你們在我眼中，只是一堆屁而已。」

「哼。」貓女等人互望了一眼，他們知道，白起沒說錯。

經歷了曹操、偽貓女，到省道、火車，與高鐵的血戰，就算是生命力強韌的他們，也都已經到了燈盡油枯的地步。

再戰殭屍之王白起，恐怕是凶多吉少。

「所以，我不和你們打，我來這裡，只是要等一個屁結果。」白起嘿嘿的笑著，「一個究竟是香屁？臭屁？或是驚人大屁的結果。」

「什麼結果？」

「聖甲蟲，」白起冷冷的說，「究竟會不會來？」

「你說……」貓女一驚，「少年H會不會來嗎？」

「沒錯，」白起咯咯的笑著，「因為這傢伙很衰，他碰到了濕婆。」

濕婆？

所有人的心頭都一陣揪緊，少年H在國道公路上遇到的，是濕婆？

這個率領黑榜群妖，橫掃地獄的破壞之神？

眾人沉默了。

絕望的沉默了。

「距離答案揭曉的時間，只剩下最後三分鐘。」白起笑著。「三分鐘後，我們再來決定要不要打吧？」

三分鐘。

一隻蒼蠅悄悄的飛來，停在白起的肩膀上。

牠也在等，等這三分鐘。

火車站門口，脫著上衣，一身肌肉都被荊棘刺滿的廉頗，仰起頭。

他也在等，等這三分鐘。

火車站的另一頭，一群身著白色西裝，帥氣而高雅的戰士，也在他們頭目的手勢下，停止了動作。

他們注視著眼前發亮的廣告板，開始等待。

等待著三分鐘。

此時火車站、捷運站，甚至台北城的每個電子看板上，都不約而同的換上了一個畫面。

倒數三分鐘的畫面。

這個地獄遊戲彷彿有自己的意志，也感受到這三分鐘對整個地獄未來的發展，極為重要。

新竹清大夜市旁，土地公昂起頭，注視著天空的月亮。

「你在看什麼？」一旁的九尾狐好奇的問。

「月亮。」

「月亮？」

「有一道烏雲，正快速的往月亮移動，看到了嗎？」土地公雙手插口袋，抬著頭說。

「嗯。」

「三分鐘後，烏雲如果遮住了月亮。」土地公淡淡的苦笑。「那地獄遊戲的命運，就從此改變了。」

「嗯。」九尾狐似懂非懂的點頭。「所以這三分鐘是關鍵？」

「是的，三分鐘是關鍵。」土地公拳頭悄悄握緊。「別讓烏雲打敗了啊，少年H。」

德古拉正喝著咖啡，等著這三分鐘。

此時此刻，所有的玩家都屏息以待，有人了解內情，有人不了解內情，但所有人都注視著數字開始倒數。

整個台北城，整個地獄台灣，都暫停了他們的動作。

他們開始等待著這三分鐘。

正在空中狂飛的貓頭鷹與小麻雀，忽然停止震動翅膀。

因為他們發現整座停止的城市中，還有一個東西在動。

一個黃色的物體，在停止的車陣中快速穿梭，那是一台計程車。

它，展現屬於計程車司機剽悍的駕駛風格，穿過層層停滯的交通障礙，朝一個目的地而去。

「台北火車站？」貓頭鷹喃喃自語。「這台車的目標，是台北火車站？」

鎮守台北火車站大門的廉頗，也在這時候抬起頭來。

因為他感覺到了。

一股難以想像的氣勢，停在門口。

氣勢。

廉頗皺眉，眨了眨眼，他發現那不是虛擬的氣勢，而是一台黃色計程車。

車急煞，然後車門順勢而開。

廉頗睜大眼睛，說了一句話：

「你？」

同時間。

阿努比斯懷中的法咖啡眼睛睜開了。

她慢慢的說出兩個字：

「來了。」

三分鐘的倒數，即將結束。

伊希斯的生命，是會結束在三分鐘後？還是獲得逆轉的生機？

少年H與濕婆的相逢，最後究竟發生了什麼事？

白起，這隻殭屍之王，又究竟有多厲害？

而象神死前的預言，又代表著什麼？

夢幻之門，究竟為誰而開？

請看，地獄九。

這裡，是故事的後台。

按照慣例，這裡是被作者遺忘人物的最後出場機會。

這一次，圓桌上坐著一個老人。

老人穿著厚重的盔甲，桌上有一大杯熱茶。

熱茶旁，放著一把劍，劍上刻著閃閃發光的一枚勳章：太陽。

這枚徽章，讓他的身分呼之欲出。

「沒想到，我也有來這裡介紹下一集的機會啊，咳咳。」他微微一笑，「好歹，我也曾經是第一集就出場的人物啊。」

「您就別抱怨啦。」這時，一個穿著侍者服飾的男子，將一張紙放到了老人面前。「一般人可是連出場機會都沒有勒，亞瑟王。」

「嗯，說的也是，萊恩啊，我們也認識很久了吧。」

「從第一集到現在，四年了吧。」

「一個故事搞了四、五年，這作者也太混了吧。」亞瑟王看了一下桌上的劍。「斬妖除魔是我輩之責，看樣子我是該給這拖稿魔王一點教訓了。」

「呵，這拖稿魔王，最近忙小孩的事，只會越來越拖稿……別閒聊啦，王。」萊恩溫柔一笑。「快宣佈下集預告吧。」

「喔？」亞瑟王拿起了桌上的紙，眉頭慢慢鎖了起來，半晌不說話。

「怎麼？」萊恩問。

「這張紙只有兩行字。」

「咦？」

亞瑟王把紙翻了過來。

「火焰與書，
　同埋於牆之後。」

象神預言中，火焰、書，與牆，這謎題終於要解開了嗎？

The End

奇幻次元 24

地獄系列 第八部 地獄獨行

國家圖書館出版品預行編目資料

地獄系列 第八部， 地獄獨行 ／ Div著
— 初版. — 臺北市：春天出版國際, 2009. 12
面； 公分. —（奇幻次元；24）
ISBN 978-986-6345-14-2（平裝）

857.7 98022267

ISBN 978-986-6345-14-2
Printed in Taiwan

作者	Div
封面繪圖	Blaze
總編輯	莊宜勳
企劃主編	鍾靈
封面設計	小美@永真急制Workshop
美術設計	數位創造
發行人	蘇彥誠
出版者	春天出版國際文化有限公司
地址	106台北市忠孝東路4段303號4樓之1
電話	02-7733-4070
傳真	02-7733-4069
E-mail	frank.spring@msa.hinet.net
網址	http://www.bookspring.com.tw
部落格	http://blog.pixnet.net/bookspring
郵政帳號	19705538
戶名	春天出版國際文化有限公司
法律顧問	蕭顯忠律師事務所
出版日期	二〇〇九年十二月初版一刷
	二〇二二年三月初版三十六刷
定價	259元
總經銷	楨德圖書事業有限公司
地址	新北市新店區中興路二段196號8樓
電話	02-8919-3186
傳真	02-8914-5524
印刷所	鴻霖印刷傳媒股份有限公司